ファントムの夜明け

浦賀和宏

幻冬舎文庫

ファントムの夜明け

プロローグ

健吾《けんご》は玄関先で振り向き、真美《まみ》を見つめていた。

——行かないで。そんな言葉が口をついて出そうになる。

でも、言えなかった。

「ここの近所は不安だから遠出してくる。一日かかるかもしれない——待ってられるか？」

真美は答えなかった。なんの素振りも見せなかった。

気力も、体力も、底をついていた。

健吾は静かに頷《うなず》き、ドアを開けた。夏の太陽が、いっぱいに部屋の中に差し込んでくる。

彼の持っているボストンバッグから、真美は目を離すことができなかった。

——行かないで。言葉にしたいのに口に出せない、その想い。

ドアが閉じられた時、もう健吾はそこにはいなかった。

泣こうと思った。泣いて泣いて、泣き明かせばどんなに心が癒えるだろう。だけど今の真美にはそんなことすらできなかった。涙などとうに涸《か》れ果ててしまったからだ。

身体《からだ》が重い。まるで、ベッドのシーツに自分の身体がどこまでもどこまでも沈んでしまうかのよう。身体がだるい。吐き気がする。天井が二重に見える。熱があるのか、意識が朦朧《もうろう》とする。

健吾がこの部屋を後にして、いったい何時間経《た》ったのか、そんなことすら分からなくなる。

水を飲みたくなってベッドから這《は》い下りた。でも二本の足で立てない。ふらつく身体を支えることができず、すぐに膝をついてしまう。

強烈な嘔吐感を覚え、真美は吐いた。吐くものがなくなって胃液だけになっても、嘔吐感は止《や》むことがなかった。吐瀉《としゃ》物がフローリングの床にゆっくりと広がって行く。

ないはずの気力を振り絞り、立ち上がる。だが一歩足を踏み出した途端、身体が崩れ落ちてしまう。

真美は動けなかった。

視界が、ゆっくりと薄暗くなって行く。

自分はもう死ぬのだと、なんの疑いもなく思った。

だが、死に対して絶望はなかった。そんなものは今日一日で使い果たしてしまった。悲しみが尽きた人間は、もう死ぬ他に道はないのだ。

——これでやっと楽になれる。

明日からどうやって生きていけばいいのか、途方に暮れていた。考えても考えても、その答えは出なかった。

だから自分はもう死ぬしかないのだ。

暗い景色の中、鮮明に見えるものが一つだけあった。

妹の姿だった。

——麻紀《まき》。

心の中でつぶやいてみる。

迎えに来てくれたんだね、私を。

麻紀が暮らす国に行けば、きっと楽になれる。そうすれば、許される。

もう私は生きていけない。

私をここから、救い出して。

麻紀がゆっくりと唇を動かしている。

なにかを自分に伝えようとしている。

——なにを、言ってるの？

必死に耳をすましても、麻紀の声は決して聞こえない。

力を振り絞って、彼女の方へと手を伸ばした。

麻紀はそっと微笑《ほほえ》んだ。
そこで意識が黒い闇に閉ざされた、完全に。
そして私は、死んだのだ。
真美は、なんの疑いもなくそう思った。

1

太陽に照らされたアスファルトが、うんざりする熱気を放っている。蟬《せみ》の鳴き声と、抜けるような青空。向こうで打ち水をする老婆。ゆらゆらと揺れる空気が、景色を、ほんの少しゆがませている。

去年の夏も、こんなふうに暑かった。

夏は嫌いだ——と真美は思う。

額に浮かぶ汗を拭《ぬぐ》う。ハンカチは絞れば滴《したた》りそうになるほど、ぐっしょりと濡れている。

天気予報によると、この暑さは、夏の間は当分続くということだった。

プールにでも出かけたい気分だったが、そんなわけにもいかなかった。バイトをさぼることはできないし、素肌を人前に曝《さら》すのは抵抗がある。

汗がにじむ身体にむち打ってしばらく歩くと、あのアパートが見えてきた。

今でも健吾はあそこに一人で住んでいる。引っ越したという噂は聞かないし、もしそうなら自分に連絡するはずだ。

彼と会うのは、本当に久しぶりだった。

できれば、あんな辛い思いをした部屋になど戻りたくなかった。だが一年前の心の傷は少しずつ癒え始めていた。勿論、後悔や、贖罪《しょくざい》の想いが胸に込み上げない日は一日たりともない。自暴自棄になる時期もあった。しかし最近は精神のバランスが保てるようになってきている。これで半袖の服を着られるようになれば、以前の自分に戻れるだろう。

健吾は、今、なにをしているだろう。

大学はきちんと卒業したのだろうか。もしかしたら、新しい恋人もできたかもしれない。一年という歳月は、人の生活を変えるのには、十分な時間だった。

彼の住むアパート。

真美は健吾の部屋の前に立った。表札に目をやり、まだ健吾がここを越していないことを確認する。なぜだか緊張感が胸に込み上げてくる。試験前の受験生のような、嫌な気持ちだ。

——まったくなにを怖がっているのだろう。ただ、昔の恋人に会いに来ただけなのに。

長居をするつもりはなかった。なにか冷たいものをご馳走になり、健吾の近況を聞き、こちらの用件を伝えたら、すぐに帰ろう。健吾はむりやりにでも引き止めるかもしれないが、これからバイトに行かなければならないと説明すれば分かってくれるはずだ。彼は優しかったから。

ふと、部屋の郵便受けに目をやった。

郵便受けには、沢山の新聞が溜まっていた。少なく見積もっても、一日や二日の分量ではない。

嫌な予感がした。

部屋のインターホンを押して、しばらく待つ。

なんの反応もない。

胸が押し潰されそうな不安。

数回、ドアをノックする。だが同じだった。

念のため、もう一度インターホンを押してみる。しかし、部屋から誰か出てくる気配はまるでなかった。

落胆と安堵《あんど》が、入り交じった。

健吾に会えないのは残念だが、この部屋に足を踏み入れる勇気がなかったのも事実だった。

だから、電話もしないでいきなり訪ねて来たんでしょう？——そう自分に問いかけた。

そっとドアノブに触れてみる。

最後に、ドアに鍵がかけられていることを確認してから立ち去ろうと思った。

ドアノブを回す。ドアは開かない。

と——。

思わず真美はノブから手を離した。

指先に、静電気のようなものが走ったように思えたのだ。一瞬、視界が途切れたようにも感じた。恐る恐る、もう一度ドアノブに触れる。なにも起こらない。きっと気のせいだったのだろう。暑さにやられて、少し意識が朦朧としていたのかもしれない。それで冷たい金属のノブに触れて、我に返ったのだ——そう思い込むことにする。でも——。

鼓動が、とくとくと高鳴る。視界がぐらりと揺らぎ、思わず地面に膝を突きそうになる。

真美はドアに手をやり、身体を支えた。

まただ——。

最近、突然、極度の緊張と、眩暈《めまい》にも似た症状に襲われることが度々あった。頻度にして、一ヶ月に一度か、二度ぐらいだろうか。偏頭痛かなにかではないのかと、友人の友恵《ともえ》は言う。だが頭痛の類《たぐい》ではないことははっきりしていた。吐き気もない。二、三十分ほどじっとしていれば治まった。

しかし以前はこんなことはなかった。思い返せば、健吾と別れてから、体調が優れないような気がする。医者に診てもらおうかとも考えたが、面倒で延び延びになったまま今に至っていた。

ゆっくりと深呼吸をして、息を整える。しっかりしなきゃ、そう自分に言い聞かす。

ドアには鍵がかかっている。外出しているのだろう。

バッグの中から、高畑《たかはた》に渡された封筒を取り出した。使い古された封筒だ。中には分厚い本が入っていて、口が閉まらないほどパンパンに膨れている。

中身を見るなとは言われていない。真美は封筒からその本を出した。

コリン・ウィルソン著『世界不思議百科』――。目次をめくってみた。『海底に没した大陸アトランティス』『オルフィレウスと永久運動機械』『生命を創造した男』『シベリア大爆発の真相』『バーミューダ三角海域の恐怖』――。ネッシーやUFOなど、世界中の不思議な現象を中心にまとめられているようだ。いかにも高畑が夢中になって読みそうな本だと思った。

健吾もこういった類の話は嫌いではなかった。小説家を目指していた健吾のことだから、きっとこういう所からアイデアを拾っているのだろう。そんな簡単にデビューできるとはとても思えないけれど、夢が叶って欲しいと思う。

郵便受けに押し込もうとも考えたが、新聞がいっぱいに詰まっていて、本が入るスペースはありそうにない。それにこの分だと健吾は長期間部屋を留守にしているのだろう。高価な本ではないが、かといって安くもない。何日も入れっぱなしにするのは無用心かもしれない。

高畑は、もしいなかったら持ち帰ってくれと言っていた。言う通りにすることにした。

念のため、隣の部屋のインターホンを押してみた。

この部屋には遠藤恵子《えんどうけいこ》という女性が一人で住んでいた。水商売の類の仕事をしていて夜にならないと出かけないということは分かっていた。勿論、一年前と同じ仕事を続けていればの話だが。

彼女はいた。細くドアを開け顔を出し、日の光がまぶしそうに目を細めた。

軽く会釈をした。遠藤は、真美のことが分からない様子で、怪訝《けげん》そうな顔をした。

彼女に本を預かってもらおうかという考えも頭に浮かぶ。だが、特殊な趣向の本ゆえに、どことなく気がひけた。

「お久しぶりです。私のこと、覚えていませんか？　一年前、隣の部屋に住んでいたんです」

元々、このアパートには逃げるように転がり込んだのだ。近所付き合いなど皆無だった。強《し》いて挙げれば、外ですれ違った時に会釈をするぐらいだった。

しかし遠藤は自分のことを覚えていたようだ。

ほんの少し、彼女の顔から警戒心がなくなった。

「そう。で、どうしたの？」

「隣の部屋の、石井《いしい》健吾さんのことについて、おたずねしたいんですけど」

「え？　だってあなた達一緒に暮らしてたんでしょう？」

再び、遠藤が訝《いぶか》しげな顔になる。ええ、ちょっと、と適当に相槌《あいづち》を打ち、お茶を濁した。

「最近、見かけましたか？」

「最近は見てないね。旅行に行くとか言ってたから、まだ帰ってきてないんじゃない？」

「旅行？」

「うん、なんか長崎の親戚の所に、用事がてら」

「――そうですか」

健吾に、長崎に住んでいる親戚がいるなんて初耳だった。

「挨拶もそこそこに、なんだか青い顔して行っちゃった。急いでたみたいだよ」

健吾は、元々顔色があまり良くなかった。子供の頃は身体が弱く、入退院を繰り返していたそうだ。

遠藤に健吾の様子を聞いて、別にどうするということでもなかった。ただ彼が過去を振り切り、新しい生活を始めていることを確認したかったのだ。

「でも、これで二度目だね」

「え？」

遠藤はおかしそうに笑って言った。

「私この間も、今とまったく同じ説明したのよ。三日ぐらい前に、あなたよりちょっと年上って感じの女性が石井さんを訪ねて来たの。石井さん、いったい、なにをやらかしたの？」

「――そうですか」

いったい誰だろう。健吾と普段から親しくしている人間ならば、彼が部屋を留守にしていることは知っているはずだ。しかし、こうしてわざわざ隣人の遠藤に行き先をたずねるぐらいだから、完全に親交が途絶えているというわけでもない。

たとえば、自分のような存在。

その女性の身なりなどを詳しく遠藤に聞こうと思ったが、思い止《とど》まった。

もう健吾とは別れたのだ。彼が誰と付き合っていようと、自分が関与する問題ではない。

頭を下げ、真美は遠藤の部屋に背を向けた。

その後ろ姿に、遠藤の声が降りかかった。

「お子さん、お元気？」

真美は彼女の言葉には答えずに、アパートを立ち去った。

夏は嫌いだ。

妹が死んだあの日も、こんなふうに暑い夏の日だった。

2

一キロほど延々と続くアーケード街の丁度真ん中辺りにあるショッピングセンターの一階に、真美の職場はあった。郵便局の出張所だった。ＡＴＭが備えられているスペースにワゴンを出し、郵便はがきや切手を手売りするのが主な仕事だ。普通郵便やゆうパックの取り扱いも行っている。

バイトのスタッフは女性ばかりで、最も年下の、高校生の市ノ瀬《いちのせ》由紀《ゆき》がこの職場での一番の友達だった。自分の母親ほどの年齢の主婦達に比べたら、歳の近い由紀に親しみを覚えるようになるのは至極当然の成り行きだった。

実家の両親とは、あれ以来顔を合わせていないし、たまに大学時代の友人達と再会することをのぞけば、ここが真美の人間関係のほとんどを占めていた。

エプロンと、身分を示すバッチをつけ、ワゴンの前に立った。

由紀はすでに出勤していた。

「今日は時間ぎりぎりのご出勤ですね。私が、真美さんより早く来るなんて、珍しいな」

「ちょっと用事があったから」

「用事？」

「大学時代の友達にお使いを頼まれて、昔付き合っていた人の部屋に行ったの。でも、留守だった」

　昔付き合っていた人、という言葉に、由紀はぴくりと反応する素振りを見せた。そういったことに一番興味を示す年頃だ。

「そんな人がいたなんて、初耳ですね。ねえねえ、どうして、別れちゃったんですか？　凄く興味あります」

「由紀さんには関係ない話。いろいろあったのよ」

　二人が別れるきっかけとなった出来事を、他人に話したことは一度もなかった。同情と、奇異の視線で見られることは、分かり切っていたからだ。

「お使いって、なんですか？」

「別に——。ただの届け物よ」

「お使いをさせるなんて酷《ひど》いなあ。ひょっとして、郵便局のバイトをしているからって届け物のお願いしたのかな？」

「そんなことはないと思うけど」

「その人が自分で行けばいいのに。なんでわざわざ、昔の彼氏の所に行かせるようなまねをするんでしょうね」

「別に——。別れたからって、もう二度と会わないとか、そんなこだわりを持っているわけじゃないから」

真美にとって健吾は初めての恋人だった。二人は同じ大学の同じ学部に通っていた。あの時期が今までの人生で最良の日々だったと、なんの疑いもなく思う。自分以上に大切なものの存在など、真美は想像したこともなかった。出会った春。愛を交わした日々。お互いの体温で暖をとった冬。夢のような時間だった。

そう、夢だった。

だから目覚めて、今こうして、健吾のいない日々を送っている。

「新しい彼氏を見つければいいのに」

「私のことはいいのよ。由紀さんこそ、彼氏できた？」

駄目駄目、と由紀は首を振る。

「どうして？　高校共学でしょう？」

「あんな連中、お断りですよ。真美さんだって、一目見たらそう思いますよ。ガキっぽくて、もう本当にどうしようもない連中なんだから」

笑顔で由紀は言う。きっと、仲の良い友達同士に違いない。

バイトが終わるのは、アーケード街が夕焼けで赤く染まる頃だ。

郵便物引き受けは六時で締め切る。その後、事務日誌、ゆうパックカード・シール受払簿、郵便切手・はがき発売機整理簿、切手類引継簿、切手類仮出簿、窓口補充請求書、現金出納簿を事務室で記入し、出張所で取り扱った荷物やお金、売れ残った切手類と共に郵便局に持ち帰る。荷物は、それぞれの時間の担当者が勤務終了するたびに郵便局へ持ってゆくので、一回に運ぶ量はそう多くはない。

現金は小郵袋と呼ばれる真っ赤な布袋に入れ、紐《ひも》で締める。特殊な封緘《ふうかん》具で、一度締めると刃物で切らない限りほどけない仕組みになっている。最後に担当者の印鑑を押し、金庫に入れてもらうために課長代理に渡す。帳簿は局窓口の日付印を押し、各総務主任達の机に提出する。売れ残った切手類は局の倉庫にしまう。

最後に出勤簿と分担簿に印鑑を押せば、業務はすべて終了だ。勿論、出勤時に出張所に向かう時も、まず最初に郵便局に寄って印鑑を押す。タイムカードはない。

勤務終了後、真美は由紀と一緒に、同じアーケード内にある、とあるファミレスに立ち寄った。少し早い夕食を取るのが目的だった。仕事仲間や友達とよく行く店だった。

店内は、主婦達や若者達のグループ、それに家族連れでごった返していた。

「今日は、私の奢《おご》り。勿論、常識の範囲内でね」

「わぁ、ありがとうございます。でも大丈夫ですよ。ダイエット中だから、そんなに食べません。だから安心してください」

セルフサービスで飲み放題のドリンクバー二つに、適当に料理を注文した。

「あー、今日も疲れたなー」

由紀はソファで大きく背を伸ばす。

「今日は、いい方だよ。何事もなく過ぎたしね」

ずっと立ちっ放しなのだから、足腰に疲労が溜まるし、稀《まれ》に酔っ払いに絡まれることもある。この間など、目の前で高校生らしき男の子達が殴り合いの喧嘩を始めてしまった。近隣の店から男性の従業員が止めに入り事なきを得たが、周囲の店がみな休業日で、出張所のスタッフが女性だけの時にそんなことが起こったらどうしようと、由紀は不安がっている。

「私達二人っきりの時に、変なお客さんが来たら嫌だね。前島《まえじま》さんや細井《ほそい》さんは度胸があるから、下手な男の人よりも肝が据わっているかもしれないけど」

違いないですね、それ、と言って由紀は笑った。前島と細井というのは、同僚で四十代半ばの主婦だ。酔っ払いなど鼻であしらうタフな女性達だった。

「奢ってもらったお礼にジュース持ってきてあげますよ。それともお茶の方がいいですか？」

「ありがと。ジュースでいいや。ただし炭酸じゃないやつね」

了解、と短く言って、由紀は立ち上がりドリンクバーのコーナーに向かった。

友達であると同時に、年下の由紀のことを、真美は妹のように可愛がっていた。彼女に恋人ができたら、いろいろと相談に乗ってあげようと考えている。自分はほんの少しだけ、彼女よりも恋愛の経験は多いはずだ。勿論すぐに追い越されるかもしれない。でも、アドバイスをしてあげたって決しておせっかいにはならないだろう。

向こうの席から子供の歓声が聞こえてきた。まだ三歳程の幼児だ。子供用のチェアに座って、フォークを振り回してはしゃいでいる。両親と思《おぼ》しき男女が、危ないから止めなさい、と子供をしかっている。取りとめもない家族の風景。それが痛くて、真美は目をそむけた。

その時、バッグの中で携帯電話が鳴った。取り出し、誰だろうと訝しみながらディスプレイを見ると高畑和也《かずや》からだった。例の本を健吾に届けることを頼んできた男だった。

『もしもし、今、どこにいる？』

甲高《かんだか》い声で高畑はわめく。真美は思わず携帯を耳から離した。

高畑はやかましく、おまけに忙《せわ》しない。変な宗教に入っているんじゃないかという噂もある。毎月オカルト雑誌を買って熱心に読んでいる。なにかにつけ話題を真美に振ってくる。気があるんじゃないかと友達は言う。健吾と別れたことは高畑も知っているから、ひょっとしたら狙われているのかもしれない。

好感を持たれているのだから悪い気はしないが、今は新しい恋人を作る気分にはなれなかった。

「商店街のファミレスよ。前にみんなで来た所」

『例の物はどうした？』

「健吾、留守だったの。渡せなかったから持って帰ってきちゃった。郵便受けに入れっぱなしにしたり、隣の部屋の人に預けるよりも、その方がいいでしょう？」

『そうか、じゃあ、今からそっち行くから』

「え、ちょっと――」

だが時すでに遅く、通話は切られてしまった。本当に忙しない男だ。

今からここに来るつもりらしい。真美は小さくため息をつく。

「どうしたんですか？　誰と話していたんですか？」

戻ってきた由紀が、真美の様子を見てたずねてきた。

「知り合いが、今からここに来るんだって。由紀さん、ごめんね」

「ううん、いいですよ。でも、まさか邪魔だから出てけって言うつもりじゃないでしょう？」

「そんなことは言わないよ」

「そう。そんならいいの」

と悪戯《いたずら》っ子のような顔で言いながら、コーラのグラスにさしたストローに口をつけた。真美もオレンジジュースを飲む。

「その人、なにしにここに来るんですか？」

「この本を受け取りに来るのよ。今日あの人いなくて、渡せなかったから」

真美はバッグから例の封筒を取り出した。中から『世界不思議百科』を出して由紀に見せる。

「なにそれー。見せてください」

由紀は真美から本を受け取り、ぺらぺらとページをめくった。

『霊との交信』『タイムスリップと予知』『小説を書く心霊』『サイコメトリー　過去への透視』――。サイコメトリーって触っただけでその物の由来が分かる能力ですよね？」

「良くそんなこと知ってるね」

「昔、ドラマでそういうのありました。でもそれってお話の中だけのことじゃないんですか？　本当にあるんですか？」

「私は知らないよ。でも世の中には、自分は宇宙人に拉致《らち》されたとか、過去にタイムスリップしたとか本気で言っている人もいるくらいだから。それに比べれば触っただけでその物の歴史が分かる能力ぐらい、可愛いものだよ」

「そうですねー。でも真美さんの元彼って、こういう趣味があるんですか？　私、こんな分厚い本読めって言われたら、きっと一年ぐらいかかっちゃうよ。それにしてもお腹すいたなぁ」

　料理が運ばれてくる前に、高畑和也が現れた。

　色あせたTシャツに、ジーンズ。長髪に無精髭《ぶしょうひげ》。一昨日会った時と、同じような服装だった。清潔にしていると本人は主張して止まない。毎日風呂に入っているようだから、少なくとも不潔ではないのだろう。

「よぉ。妹と仲良くお食事ですか」

　由紀のことを知らない高畑は、そんな適当なことを言う。彼の言葉を聞いて、由紀はくすりと笑い、うつむいた。

「それにしてもお前、こんなに暑いのに、よく長袖の服なんか着てられるな、見てるだけでも暑苦しいぜ」

「——人の服の趣味にまでいちいちケチをつけないでよ」

「はいはい。あれ？　そういえばお前の妹って、お前が小学校の時に死んじゃったって言ってなかった？　あ、ひょっとして、この妹とその妹は違う妹ってこと？」

ぎょっとした表情で由紀は真美の顔を見た。

由紀には話していなかった。健吾と別れたことにせよ、妹のことにせよ、そんな苦い記憶を自分から好き好んで吹聴する気にはなれない。

「妹に見える？　バイトの友達だよ」

高畑はその言葉に、はいはい、とまったく興味のなさそうな口調で相槌を打ち、ぞんざいに真美の隣に腰を降ろした。

突如現れた真美の親友を、由紀は興味津々に見つめている。

彼の口から初めて聞かされた、真美の妹の存在。いったいこれから二人はなにを話すのだろう？　そう考えているに違いない。

「はい、これ」

と真美は高畑に渡された本を返した。

「やっぱり、いなかったのかぁ」

「やっぱり？　やっぱりってどういうこと？」

「いや、最近、石井健吾の野郎、ぜんぜん捕まらないんだよ。電話も通じないし、メールも返ってこない。家に行ってもいつも留守だろう？　きっとお前だったら昔付き合ってたから、あいつの行きそうな場所に心当たりがあるんじゃないかと思ったけど——無理だったか」

　ふう、と真美は小さく息を吐いた。

「インターホンを押しても、ドアをノックしても、応答なし。郵便受けには沢山新聞が溜まってた。念のため、隣の部屋の人にも聞いたけど、最近見ていないって。健吾、旅行に出かけたみたい」

「旅行？」

「長崎の親戚に会いに行ったんだって」

「それで、電波が届かなかったのか？　長期旅行するなら、友達に一言断れっていうの」

「私に言われても困るよ」

　高畑が、とんとんと指先でテーブルを叩いた。イライラしていることが見てとれた。

「旅行に行ったというのは、本当なのか？　あいつの親戚が長崎にいるなんて、聞いたことがない。長崎のどこ？　その親戚って、健吾とどんな関係なんだ」

　真美は眉をひそめた。そんなことをたずねられたって答えられるはずがない。自分だって今日初めてそのことを知ったのだ。

「私は、知らないよ。隣の部屋の人が言っていたんだよ。なんなら、自分で聞いてくれば？　健吾の部屋は知っているんでしょう？　その隣に住んでる遠藤って女の人」

「健吾が旅行から帰ってくるのはいつだ？」

「だから、知らないって」

健吾のことを忘れた日は、一日たりとしてなかった。今現在、彼がどんな生活を送っているのかを、真美は知りたかった。一年間、連絡も取っていないのだ。しかし会う勇気はとてもない。もしかしたら彼には別の女性がいるのかもしれないのだ。もう、自分のことなんて忘れてしまっていても決しておかしくはない。

だがそんな心配事などすべて杞憂《きゆう》で、もしかしたら健吾も真美と同じように、過去を忘れられず、深く相手のことを想って生活しているかもしれない。そんな彼の元に自分が現れたら、きっとやり直そうという話になるだろう。

それが一番不安だった。

誰だって、愛する者とずっと一緒にいたいと思う。だが現実は甘くはない。二人で暮らし、昼夜を共にすると、必ずそこには生活の錆《さび》が生まれ、自分達にまとわりついてくる。正しい判断もできず、結局あんな結果になった。

また悲劇を繰り返さないという自信は？――とてもなかった。まったく別の男性ならともかく、当事者の健吾とよりを戻すなどとは。

だから、辛かった。

会いたいのに、会えない。自分から会いに行く勇気など、どこにもない。最初の一歩を踏み出す何かのきっかけが必要だった。突然、会いたくなってふらりと彼を訪ねて行く――そんな関係には今のままではもう戻れないのだ。

もし誰かに〝健吾に会って来てくれ〟と頼まれれば、きっと自分は彼に会いに行けるだろう。そう思っていた矢先に、高畑があの本を健吾に渡してくれと頼んできたのだ。高畑には体面上面倒だという素振りをしたが、正直、願ってもないことだった。

しかし結局、健吾には会えなかった。残念なような、半面ほっとしたような、そんな複雑な気持ちだった。

「自分で健吾に返しなさいね」

ふう、とため息をついて、高畑は真美から本を受け取る。そしてその本を両手で持ち、様々な方向からなめ回すように見つめている。本が汚れていないかチェックしてるかのような視線だ。

「そんなに見つめなくても、傷つけたり汚したりなんかしてないよ」

丁度その時、ウェイトレスが頼んだ料理を運んできた。ここぞとばかり高畑が、グラスビールを注文する。

「ちょっと勝手に頼まないでよ。そのビールの代金、まさか私が払うんじゃないでしょうね」

「はいはい、心配しなくても大丈夫です。僕が頼んだ分は僕が払いますから」

真美と高畑のやりとりを聞いていた由紀が、おかしそうにクスクスと笑っていた。

「真美さんの友達、面白い人ですねー。でも結構二人、お似合いなカップルでしたよ」

「変なこと言わないでよ。本当にそんなふうに見えた？」

「うん。でも私も、真美さんの元彼の健吾さんって人に会ってみたいなー。格好いい人ですか？」

「さっきの高畑って人の、数百倍は格好いいよ」

「ほんとですか？　じゃあ、絶対会わせてください。お願いします」

と由紀は甘ったるい声を出した。真美は苦笑した。自分が会いたくても会えないのに、どうしてこんな年下の女の子に簡単に会わせられるというのだろう。

しかし、由紀は自分が健吾と別れることになったきっかけを知らないのだから、彼女が会いたがるのも仕方がないとも思う。

「ところで、真美さん。昔、妹さんがいたんですね。私、初耳です」

何でも知りたがる由紀が、高畑が漏らした言葉を聞き逃すはずもない。

高畑は、健吾同様、大学時代に知り合った友人の一人だった。高畑には死んだ妹のことを教えていなかった。そんなことを話すほど親しくしているつもりではなかったからだ。その反面、健吾には包み隠さずなんでも打ち明けた。勿論、妹のことも。

つまり、健吾がうっかり口をすべらせてしまったので、妹のことが高畑の知る所になってしまったのだった。だがそれも些細《ささい》なことだ。

妹の死が、トラウマのようなものにならなかったと言えば嘘になる。しかしもう十五年以上前の話なのだ。おしゃべりの話題に成長するまでに、傷は癒えていた。健吾と別れた一件に比べれば、まったくなんでもない話だ。

あれは二人だけの秘密だった。健吾がしゃべっていなければ、の話だが。だが信じることができた。死んだ妹の話とは違う。あんな酷い結果に終わったことを、おいそれと口にするほど健吾は軽薄な男ではない。

「うん、大昔の話だけどね。双子の妹がいたんだ」

「へえー。どうして、亡くなったんですか――。あ、ごめんなさい。こんなこと興味本位で聞いたら失礼ですよね」

「ううん、ぜんぜん。平気だよ。だって小学校に入ったばかりの頃に起きた事故だから。そりゃ、その時はショックだったけど、もう十何年も経っているから。過去のことだよ。なに聞かれたって平気」

「事故なんですか——？」

そう。

事故ということになっている。

麻紀、それが妹の名前だった。

3

妹が死んだのは真美が子供の頃のことだったし、妹の顔形を事細かには覚えていなくても不思議ではなかった。が、真美は麻紀の姿を今でも覚えている。忘れることなど決してできない。

見目形だけではない。その声や、存在感、微笑みや、髪の一本一本まで思い出すことができる。彼女の死は真美にとって特別の出来事だったから、その面影が記憶に焼き付き、今でも克明に覚えているのかもしれない。だが、もっと即物的な理由もあった。

二人は一卵性の双子だった。

瓜二つという形容がぴったりはまるほど、顔の作りはそっくりだったのだ。

今でも、鏡の前に立つたびに麻紀のことを思い出す。

妹も、これと同じ顔をしていた。

彼女の死後、鏡を見つめ自分の今の顔を忘れないように記憶するのが真美の日課になった。人の顔は成長と共に年々、変わってゆく。大人になってからも、老化というものがある。化粧をするとまた違う表情になる。髪型一つでも変わる。

小学校一年生の時の私、二年生の私、三年生、四年生、五年、六年。中学校にあがってからも、高校に入ってからもずっと、真美は自分の顔を毎日鏡で眺めて、頭の中に叩き込んだ。

麻紀の顔も、これなんだ。

そう思うために、必要だった。

あの時、麻紀が語った『友達』——。

『頭の中に知らない人がいる。その人が私に話し掛けてくる。最初は怖かったけど、でもすぐに友達になれた』

その友達が、真美にとって麻紀だった。真美の空想の中だけに存在する妹だ。電車やバスに乗って通学する時、夜ベッドで眠る時、果ては退屈な授業中まで、麻紀は真美にとって『友達』だった。空想の中では、麻紀は決して死なない。当たり前のように笑い、泣いたり、怒ったり、喧嘩をしてもすぐに仲直りする。共にささやかな恋や、冒険もする。たとえ空想だとしても、その存在感はリアルだった。

真美が成長するにつれ、空想の中の麻紀も背が伸びていった。真美は子供の頃の麻紀しか知らないが、姿形は自分と同じなのだから、イメージするのは容易《たやす》いことだった。想像の世界でも、麻紀はあの時と同じように、活発で、明るくて、いつも姉の私を先導していて——。

麻紀の生前に、二人の見た目が同じせいで、友達や教師に間違われたことは一度もなかった。意識的に髪型を変えていたこともあるだろうが、なによりもその理由だと思われるものは、外見はそっくりなのに性格は正反対だということだった。

真美は内向的で表ではあまり遊ばず、唯一の趣味と言えるものは読書しかなかった。しかし、麻紀はそんな姉とは違っていた。活発で、男の子に混じってサッカーをし、おしゃべりで、友達も多くいた。黙っていても姉妹が醸し出す雰囲気のようなもの——真美が静だとしたら、麻紀は動だった。

もし、あの時麻紀が死ななかったら、彼女はいったいどんな大人になっただろう？——そんなことを今でも考える。

麻紀は、ほんの少し、変わった子供だった。

真美は大人しかったが、どこにでもいる普通の子供だった。しかし、麻紀は違っていた。

もう子供の頃のことだから、その言動の多くは覚えていない。しかし、突然変なことを口走ったり、親を相手に暴れている光景を、真美は何度も目撃していた。

その麻紀の声を、真美は忘れることができない。

『助けて！　誰かが私を殺すよ！』

その時々によって様々なシチュエーションがあるが、おおざっぱな文脈は、それに尽きた。

そして、その時々によっていろいろなバリエーションが展開される。

痛い。

熱い。

苦しい。

そう叫びながら、絶叫して失神することすらあった。口から泡を噴き、白目を剝《む》き、身体を痙攣《けいれん》させる麻紀を見ながら、真美は恐怖に震えた。麻紀は病気なんだと両親に説明されても、恐ろしさは変わらなかった。

原因らしきものはあった。

ある日、麻紀は不注意で家の階段を滑り落ち、強く頭を打った。そしてそのまま昏睡状態に陥った。出血し、数針縫った。

数日程で麻紀は目覚めたが、両親は気が気ではなかっただろう。生死の淵をさ迷ったと二人は言っていた。生きるか死ぬかの状態だったと。誇張して言っているのか、本当にそうだったのか、当時の真美には分からなかった。ただ何日も眠り続けるなんて、よほどのことなんだなということだけは理解できた。

麻紀が回復し、ほっとしたのもつかの間、彼女はあんな発作に襲われるようになってしまった。一歩間違えれば自分もあんなふうになるかもしれない。あの時階段から落ちたのが麻紀ではなく、自分だったら。そんなことを考えると、真美は恐ろしくて夜も眠れなかった。

何度も麻紀を医者に連れて行ったが、結局原因は分からなかった。そのことも家族の不安を一層あおり立てた。

妹の発作が始まったのは、彼女が階段を落ちてからだ。体中、脳の中まで精密検査した。だが結局、発作と事故の因果関係は見つからなかった。麻紀の身体に、どこにも異常はなかった。原因が分からないのだから、治療の施しようがない。麻紀は、現代医学では治療が敵《かな》わぬ不治の病なんだ。そう考え、幼い真美は更なる恐怖に震えた。

だが、やがて麻紀が暴れる回数もだんだんと減ってゆき、気がつくとぱったりと発作は起こらなくなっていた。

恐らく原因は心理的なもので、なにか強迫観念のようなものが引き金となって、発作を起こさせたんでしょう。成長するにつれ、娘さんはそれを克服したんです。と、もっともらしい台詞《せりふ》を麻紀の主治医は吐いた。だが真美はそんな主治医の言葉を信じなかった。なにせ、麻紀の発作に手をこまねいてなにもできなかった医者なのだ。

真美は麻紀の言葉の方を信じた。

ある夜、二人っきりの子供部屋で、麻紀は話してくれた。

『私、知らない人と頭の中でお話ができるんだよ』

『知らない人？』

『そう。みんなおしゃべりで、私に話しかけてくるの。私、すぐに友達になったよ。今まではその人達に苦しめられたけど、もう大丈夫。上手に付き合うコツみたいなものを見つけたから。自転車と同じよ。何回も繰り返せば、上手になる』

『今もいるの？　その人達が？』

麻紀は得意げに頷いた。そして、言った。

『いないの？　真美の頭の中には、おしゃべりな人達が？』

真美は恐る恐る頷く。

『なーんだ。私達、双子の姉妹だから、きっと同じだと思ったけど。私だけなのか。つまんないの』

麻紀は唇を尖《とが》らせる。だがすぐに微笑んで、こう言った。

『真美？　なにか困ったことがあったら、私に言ってね。だって私には友達が沢山いるから。何でも解決してあげるよ』

その数ヶ月後、麻紀は死んだ。

ある日、麻紀は一人でどこかに遊びに出かけ、夜遅くなっても帰ってこなかった。家中大騒ぎになった。

翌日、両親は警察に捜索願いを出した。しかし、何日経っても麻紀が戻ってくることはなかった。

誘拐、真っ先にその言葉が頭に浮かんだ。櫻井《さくらい》家は裕福な部類に入る家庭だったから、身代金目当てにさらわれたとしても、不思議ではなかった。

だがどれだけ時間が経っても、犯人らしき人物からの連絡はなかった。

真美は、不安だった。

不安で不安で、仕方がなかった。

寒い冬、人恋しい夜、麻紀とベッドの中で寄り添って眠ることもあった。性格は正反対だったが、二人はとても仲の良い姉妹だったのだ。

もう、そんなこともできなくなるかもしれない。隣に誰もいないベッドの寂しさに震えながら、真美は一晩中まんじりともできなかった。

そして予感が、やってきた。

それは、最初は小さな芽だったけれど、日に日に育って花を咲かせた。薄ぼんやりと、映像が浮かんだ。水の匂いがした。近所の河原。記憶の風景。ほとんど野ざらし同然の状態になっている、土管などの建設資材が置かれた場所。ささやかな隠れ家。二人はその場所で隠れん坊をし、小遣いで買った菓子を食べ、へとへとになるまで遊んだ。内向的で人見知りをする真美も、妹の前ではなんの気兼ねもなく遊べた。二人だけの時間は、真美にとって宝物だった。

あの場所に、麻紀はいるかもしれない、そう思った。理屈ではなかった。直感と同じだ。

幼い頃は、記憶と想像と現実が頭の中に入り乱れて存在していた。その境界線は曖昧《あいまい》で、時たま区別がつかなくなることがある。お化けだっているし、今ここにいない妹の声だって聞こえる。多かれ少なかれ、子供にはそういう素質がある。頭の中で空想の『友達』を作り、想像と現実世界の狭間で遊ぶ。きっと麻紀は、そういう素質が他の子供より強いのだろう。

妹にあるのだから――。

きっと自分にも素質があるはずだ。頭の中の『友達』と会話ができる素質が。

心の中から聞こえる、沢山のおしゃべり。それを一つにまとめあげ、形を作る。

麻紀の形を。

その夜から、真美の心の中には『友達』が住むようになった。麻紀のいない寂しさは、それで埋めることができた。勿論『友達』は代用品にしか過ぎない、これは単なる麻紀が帰ってくるまでの一時しのぎなのだ――そう当時の自分が考えていたことは、今でもはっきりと覚えている。

だが結果として『友達』との関係は、それから何年も続くこととなった。

『友達』は――真美の名を呼んだ。

真美。

助けて。

私は、ここにいるよ。

――助けて。

頭の中に浮かんだのは麻紀と遊んだ、あの川だった。河原の資材置き場が頭に浮かんでは消えてゆく。

きっとそれは、幼い真美が寂しさゆえに、無意識のうちに自ら作り出した『お話』に過ぎなかったのだろう。しかし当時の真美には、それが宇宙から自分に届いたメッセージのように思えたのだ。

次の日、真美は学校の帰りに寄り道をした。あの河原に向かったのだ。そしてわき目もふらず、一直線に資材置き場の方に走った。

麻紀はそこにいた。

家から出ていった時の服装のまま、茂みの中に仰向けに横たわっていた。

異臭がして、蝿が飛んでいた。

　やっと見つけてくれたんだね。

麻紀の死体がそう自分に囁《ささや》いたような気がした。

真美は絶叫した。

4

大学近くの喫茶店『エトワール』――。

在学時から、ここは真美達学生の行きつけの店だった。

「久しぶりだね、ここ」

ブレンドコーヒーを飲みながら、友恵《ともえ》は言った。彼女は大学時代からの友達だった。

「最近、体調どう？　優れない？」

「うん――相変わらずだね。頭痛とかじゃないんだけど、急に心臓が口から飛び出そうにどくどくしたり、眩暈がするの」

「毎日あるの？」

「ううん。毎日だったら大変だよ。せいぜい一ヶ月に一回ぐらい」

「ねえ、一度ちゃんとお医者に診てもらった方がいいよ。大きな病気の前触れかもしれないよ」

脅かすように友恵は言う。

「うん――」

「それにしても、みんな、どうしてるかな。田中ブラザーズとか、高畑とか、あと、石井とか」

石井という姓に、真美は心臓を鷲掴《わしづか》みにされたような気持ちになる。

健吾、石井健吾。その名前を他人の口から聞くだけで、真美の意識は過去の思い出に引きずられていく。

友恵も、健吾も、田中《たなか》兄弟も、高畑和也も、皆、真美の友達だった。二人の田中は、本当は兄弟でもなんでもないのだが、たまたま姓が同じ人間が同じゼミにいたということだけで、そんなふうに呼ばれている。

友恵は、現在システムエンジニアの仕事に就いている。特に用事はなかったが、久しぶりに昔の友達と会いたくなり、お互いの仕事が休みの日にこの喫茶店で会う約束をしたのだった。やはり自分は、健吾と付き合っていた頃とは変わったのだ、と思った。当時は、頭の中には健吾のことしかなく、その他の友達など眼中になかったからだ。だから別れた今、急に昔の友達が恋しくなる。友恵や、それに高畑和也。

最近ぜんぜん会っていない田中兄弟の二人にメールでもして近況を聞いてみようかと、真美はぼんやり考えた。

友恵は、身を乗り出すように言った。

「ねえ、真美。あなた、石井と付き合っていたんでしょう？　最近会ってないの？」

荷物をまとめて、健吾の部屋を後にした。涙を浮かべながら振り返り、さようなら、と呟《つぶや》いた。もうこの部屋にはいられない、そう考えながら歩き出した。それ以来、健吾とは一度も会っていない。

「別れて以来、会ってないよ。この間、部屋を訪ねて行ったけど、留守だった。旅行に出かけたみたい」

「旅行？」

「うん、長崎だって」

「誰と？」

「私は、知らないよ」

眉間《みけん》に皺《しわ》を寄せながら、友恵はコーヒーを啜《すす》る。

「健吾が旅行に行ったことを知らないのかあ。じゃあ、あれはあなたじゃないのね」

「え？　なにが？」

「私が訪ねる数日前にも、誰か、女性が健吾の部屋に行ったみたい。でも、その時も健吾は部屋にいなくて、彼女は隣の部屋の人に健吾の行方をたずねたんだって。私もこの間、それとまったく同じことをしたんだ」

「私、そんなことしてないよ。でも誰かな。健吾の今の彼女とか」

「――そうかもね」

「なにしに、行ったの？」

「別に。高畑君に届け物を頼まれて」

「高畑に？　で、いったい、なにを？」

「本よ。『世界不思議百科』っていう一回聞いたら忘れられないような題名の本を届けに行ったの。健吾が高畑君に貸したみたい」

「あー。そういえば健吾って、小説家目指してたよね？　その夢叶ったのかな？」

真美は首を横に振った。

「私は、知らない」

「資料にでもするつもりだったのかな？　でもそんな本、高畑が自分で返しに行けば良いのに」

「それが、高畑君も本を借りて以来、健吾と会っていないみたいなの」

友恵は冗談っぽく笑った。

「石井、なにしてるのかな？　急に失踪したりして。ひょっとして部屋の中で死んでるんじゃないの？　彼、仕事なにしてるの？　きちんと貯金してるの？　生活費は足りてるのかな？　きっと死因は餓死だね」

「――縁起でもないこと言わないで」

「あー、それともあなたが健吾のことを殺したんじゃないの？　別れ話のもつれでさ」

「友恵ッ」

真美の一喝で、友恵は首をすくめた。

「冗談だよ、冗談。そんなにむきになって怒らなくてもいいじゃない」

そう彼女は言うが、真美にとってはあまりにも過ぎた冗談だった。

健吾も友恵も、高畑も、二人の田中も、大学時代に知り合った友達だ。ちゃんと就職したのは友恵だけで、後はバイトやなにかで日々を送っている。勿論、自分もそうだった。

私は、健吾が今何の仕事をして生計を立てているのかそんなことすら知らないのだ、と思うと物悲しい気持ちになる。

二人で暮らしてみて、やっぱり分かったの。一緒に生活するってことは、恋人気分の延長じゃとても成り立たないって。朝晩二人で寝起きして、毎日毎日顔を合わせるの。それで生々しい生活を送らなければならない。昔は、健吾の良い所しか見ていなかった。でも一緒に暮らすってことは、嫌な所も見なくちゃいけないの。所詮、私達はまだ子供だった。好きな所も嫌いな所も、同じように愛せる人じゃないと、とても一緒に生活なんてできないってね——。

健吾と別れた時に、真美は二人の破局の理由を友恵にそう説明した。友恵は、その説明になんの疑いも抱かずに、そうだよね、と知った顔で頷いていた。そして聞いてもいないのに自分の失恋の経験をしゃべり始めた。真美の話をこれっぽっちも疑っていない様子だった。きっと高畑だってそうだろう。

「大丈夫？　顔色悪いよ。昔のこと思い出して、センチメンタルな気分になったとか？　やっぱり真美は繊細だね」

その言葉で、我に返る。大丈夫だよ、と無理に笑顔を作って友恵に答える。

5

麻紀の直接の死因は、後頭部の打撲だった。

一人で遊んでいる最中、足を滑らせ土手を落ち、後頭部を強打したのが死につながった——それが警察の判断だった。

麻紀の葬儀はしめやかに執り行われた。

明るくて、皆の人気者だった麻紀には、彼女を慕っている友達が大勢いた。皆、麻紀の遺影の前で涙に暮れていた。子供だったが、誰もが死の意味をすでに理解していた。

麻紀が死ぬなんて、思ってもみなかった。

葬儀の最中、真美は、麻紀が階段から落ちた時のことを思い出していた。

ふざけて遊んでいて、足を滑らせ一気に転がり落ちた。真美はその現場に居合わせた。麻紀は横たわり、身動き一つしなかった。頭から血が流れていた。とんでもないことになってしまったと思い、真美は泣きじゃくった。すぐに麻紀は救急車で運ばれた。母の取り乱しようが、真美の不安に拍車をかけた。

母は家政婦の中川《なかがわ》や自分に当たり散らした。あの子は悪戯っ子なんだから、ちゃんと見てくれなくちゃ困るのに！　真美！　あんたお姉ちゃんでしょう？　真美はただ泣くしかなかった。本当に麻紀は死んでしまうかもしれないと、覚悟した。

しかし数日間の昏睡状態を経て、麻紀は戻ってきた。奇跡だと思った。麻紀は不死身だ。どんな目にあっても生きて帰ってくるんだ。本気でそう、信じた。

だが、それも所詮、子供のはかない夢想だったのだ。

棺《ひつぎ》の中の麻紀は、まるで眠っているようだった。病院のベッドで昏睡状態に陥っている時と、どこがどう違うのか分からなかった。

麻紀は死んだ。階段から落ちて助かった妹は、土手から落ちて死んでしまった。

突然発作を起こし奇妙なことを口走ったのは、もしかしたら階段から落ちた後遺症だったのかもしれない。だけど後遺症が残ったって、命が助かるだけいいはずだ。その症状だって、もう治まっていた頃だ。その矢先に――。

――もう麻紀には、会えないんだよ。

父のその声は今でもはっきりと思い出せる。

それだけではなく、皆の泣き声も、鯨幕《くじらまく》の白と黒のコントラストの鮮やかさも。お焼香の鼻につく匂いも、まるで昨日のことのようだ。

茂みに横たわる麻紀の死体も、それを発見した時発した自分の絶叫も。太陽の光も。乾いた暑さも。草木の色も、土手のコンクリートの質感も、恐らく自分は生涯忘れることはできないだろう。切り取られた、記憶の中の、瞬間。その映像は、まるで風景画のように、鮮明に、真美の心の中に残って、消えることはない。

そして、心の中の『友達』の存在も。

涙は出なかった。悲しいという実感もなかった。麻紀の死体を見つけたあの瞬間、きっと自分の中で世界のすべてが変わってしまったのだろう。

だから、妹の死を悼《いた》むことすらできない。

真美にとって『友達』は、麻紀そのものだった。死んだ麻紀の代わりとして、いつも一緒にいた。ベッドの中の、眠りにつく前のひと時は、麻紀と語らう時間だった。その日一日、学校で起こったことを報告し、麻紀の意見に耳を傾けた。

共に成長し、語り合い、なんでも打ち明けられる『友達』。子供は誰でも想像の中で遊ぶ。だけど、自分は特別のように思えた。自分も、そして麻紀も。成長し、沢山の親友ができても、心の中の『友達』――麻紀だけは消えることはなかった。

『私は死んでも、いつも、真美の心の中にいるよ』

優しい笑顔で語りかけてくる麻紀の姿を、真美は毎晩想像した。そして自分と麻紀の物語を創作し、夢想した。当時仲の良かった友達や、憧れているクラスの男子が登場したりした。

それはたとえば、こんな物語だ。

好きな男の子がいるけれど内気な自分は告白することができないと、真美は麻紀に悩みを打ち明ける。麻紀は、私に任せなさいと、自信満々に言う。

麻紀は真美と同じ髪型をし、真美の服を着て、その男の子に会いに行く。真美の代わりに告白しに行ったのだ。麻紀の方がおしゃべりが上手なので、こういう類のことは上手《うま》くこなせるだろう、という判断だった。そして夜、真美は麻紀の帰りを、胸をときめかせながら待っている――そんな甘い、幼い少女の物語。麻紀と自分が登場する話はいくらでも作れた。

次から次へと発想が湧いてくるので、ひょっとしたら自分は作家に向いているんじゃないかと思ったほどだ。

しかし、それは自分だけの秘密だった。とっくの昔に死んだ妹を心の中で蘇《よみがえ》らせているだなんて、めったやたらに口にすることではない。そんなことをしたら奇異の目で見られるに決まっている。

そう、黙っていればいいことだ。黙っていれば、なにを考えようと、心の中に誰を住まわそうと咎《とが》められることはない。この想像の遊びを始めてからずっと、真美はそんなふうに思っていた。

だが、麻紀は違った。

――頭の中に誰かがいる、と口走った。その人物に成り代わることすらあった。性別や、年齢は問わなかった。そして、例外なくその人物は殺された。――怖い、助けて、殺さないで！　そう叫んで麻紀は失神した。つまり、殺される所を身をもって体感しているのだ。尋常ではない。

外で皆と遊んでいる時に、ふと麻紀の方を見ると、なんだか顔色が悪い。血の気が引いて、青ざめている。口数も、極端に少なくなる。真美はすぐに麻紀の頭の中でなにが起こっているのかを悟る。そして一目散に麻紀をつれて自宅に帰るのだ。

日中、父はいないことが多かったが、母は大抵家にいた。だから麻紀の発作の時、母はいつもその場所に居合わせた。

幾度となく繰り返される麻紀の発作に我慢ならなくなったのか、母がヒステリーを起こしたことがあった。その時、真美は幼心にも、この世の地獄とはこういうことを言うんだと思った。

母は床を転げ回る麻紀を、仁王立ちして見下ろしていた。初めて麻紀が発作を起こした時に見せた表情ではなかった。麻紀を哀れみ、慈しみ、娘の苦痛になにもできないでいる、己の無力さを呪った顔ではなかった。

それはまるで、怒りをこらえているかのような表情だった。

――お母さん、助けて！

そう麻紀は叫ぶが、母の表情は一向に変わることはない。

やがて、それは始まった。

床を転げ回る麻紀に馬乗りになり、顔を平手で殴りながら、母は叫んだ。

――あんたなんか、生まれてこなければ良かったのに！

家政婦の中川が、母を止めに入った。だが、母の麻紀への暴力は止むことはない。まるで鬼のような母の姿を見た真美は、最初呆然とし、やがて泣き出した。母が恐ろしかったのだ。

──どうして、あんただけが、こんな。

と呟き、母も泣き出した。

幸いにも、母が麻紀に向けた暴力は、後にも先にもそれ一回きりだった。母の心労も、麻紀の発作も、その時がピークだった。麻紀はだんだんと落ち着きを取り戻し、床を転げ回ることもなくなった。母は麻紀を殴った時の鬼のような表情が嘘のように、麻紀が治ったことを心の底から喜んでいるかのように見えた。

だが真美は知っていた。

麻紀が自分だけに教えてくれたのだ。

麻紀は、ただ発作を起こさなくなっただけだ。彼女の特異性はちっとも変わっていない。いや、むしろ前よりも強くなっている。

何回も繰り返される発作の中で、自分の頭の中の『友達』をコントロールする術《すべ》を、麻紀が学んだに過ぎなかったのだ。

『いつから、頭の中に友達が住むようになったの？』

その真美の問いかけに、麻紀はにっこりと微笑んで答えた。

『階段から落ちた時からだよ。気を失っていたのは数日間だったみたいだけど、私には何年もの時間に思えたの。きっと私は、あの時、長い時間を経て生まれ変わったのよ』

6

真美は自分の部屋にこもって、思い当たる自分と健吾の共通の友人すべてに連絡を入れた。だが、健吾の行き先を知っている者は誰もいなかった。

勿論、健吾自身にも電話をした。だが、携帯は電源が入っていないのか、それとも電波の届かない場所にいるのか、つながることはなかった。部屋の電話は誰も出る気配がなく、むなしく呼び出し音が鳴り響いていた。

健吾は旅行に行くことを、隣の部屋の遠藤にしか告げていないのだ。誰か親しい友人にもそのことを言っておいてもいいはずなのに。連絡する暇もないほど、慌てて出かけたのだろうか。遠藤だけに行き先を言ったのは、たまたま部屋を出る時に出くわしたから？

釈然としない。

そして自分より先に健吾の部屋を訪れた女のことも気になった。分かっている。もう自分は健吾とは切れたのだ。なんの関係もない。それなのに、彼の周辺をうろつく謎の女の正体を知りたいという欲求は、耐えがたいものだった。

いったい、誰がなんの目的で。

最初は、誰か大学時代の友達だろうと思った。しかし、連絡を入れたのは結構な人数に上ったが、その中に健吾の元を訪れたという人物はいなかった。

健吾の友達は、自分の友達でもあった。全部とは言わないが、大体そうだ。遠藤の話によると、自分より少し年上の女性だという。だが、人の見た目は当てにはならない。もしかしたら同い年ということもありうるかもしれない——遠藤からその女の話を聞いた時には、きっと自分と健吾の共通の知人だろうと思っていたが、どうやらその可能性も低そうだった。

——だからどうだっていうの？　そう自問した。

健吾の人間関係をすべて把握しておきたいという、無茶な欲求が確かにあった。自分の知らない誰かが、健吾のことを想っている——そう考えるだけで、不安だった。

真美には分かる。その女は、自分と同じように、健吾にある種の執着を抱いている。普通の友達の関係なら、きっと諦《あきら》めて帰っているだろう。彼女は——自分も——隣の部屋の住人に、健吾の行き先を聞くことまでしたのだ。

彼に会いたい。

別れてからもずっとその欲求は心の中で燻《くすぶ》っていたが、今はそれが最高潮に達している。きっと健吾の部屋まで行ったのに彼に会えなかったからだろう。人間はある行為を禁じられると、逆にその行為への欲求に急激に襲われる生き物だ。

あのアパートは一年前と何も変わっていなかった。隣の部屋の住人も、薄汚れたクリーム色の外壁も、郵便受けも、何もかも自分が健吾と暮らしていた時のままだった。

会いたかった。あの部屋のドアを開け放ちたかった。そうすれば、失われた時間が取り戻せるような気がした。

立ち上がった。洗面所に行き、冷たい水で顔を洗った。

冴えた目を見開き、鏡に映る自分の顔をしっかりと見つめた。

——ねえ、麻紀？　あなたなら私の気持ちを分かってくれるよね？

そう、鏡の中の自分に呼びかけてみる。

自分と同じ顔をした妹——忘れたことはない。もし、彼女が生きていたら、この鏡に映る自分と瓜二つのはずだ。だが、明るくて活発な麻紀だったら、きっと化粧やファッションの研究に余念がなく、自分の数倍は垢抜《あか》けた印象を見る者に与えていただろう。野暮ったい自分とは雲泥の差だ。

自分の心の中の『友達』——麻紀。

麻紀が死んだ時からずっと、彼女は自分の心の中に存在した。それは決して消え去ることなく、真美は毎日彼女と心の中でおしゃべりをし、空想の冒険に胸をときめかせた。だが子供心にも、分かっていたのだ。こんなことを続けていられるのは今だけで、大きくなったら幼稚なゲームなど止めざるをえなくなるだろうと。

しかし、中学に上がっても、高校生になっても、空想の中で麻紀と遊ばない日はなかった。

そんな自分は、人より少し変なんだ、そう思った。真美は、現実よりも空想の中で遊ぶ方がずっと楽しいことを自覚していた。当時は、これといって不満や辛いことはなかったが、毎日は単調なものに過ぎなかった。一番憧れていた恋の予感など、これっぽっちも存在しなかった。

現実の友達よりも、ずっと前に死んだ麻紀の方が、真美にとっては大切な存在だった。だが、そんな自分の現実逃避ぶりを、真美は自分でも良く分かっていたから、それを人に打ち明けることなど決してしなかった。

状況が一変したのは大学に入ってからだった。麻紀が心の中で、だんだんと色彩を失っていったのだ。真美は初めて、空想などよりも現実の方が素晴らしいものだと思うようになった。健吾との出会いだった。健吾と唇を重ねた夜、初めて真美は麻紀のことを忘れた。それ以後、真美は秘密の遊びをしなくなった。勿論、麻紀のことを忘れたわけではない。ただ妹は、時々思い出して、ノスタルジーに浸るだけの存在に成り下がっていた。

でも、健吾と別れて、会えなくなった今となっては――。

頭の中で麻紀の声がする。以前よりもはっきりと聞こえるようになった。そう、健吾と別れるきっかけになった、あの事件以降。まるで頭の中に彼女が住んでいるかのようだった。

『私達だけの秘密だよ。私、頭の中の友達の話を聞いてあげることができるの。助けてくれって、助けてくださいって、みんなが私に呼びかけるの。私はその願いを聞いてあげることができる。私だけじゃない。真美にだってそういう力は備わっているのよ。私、やっとそれに気づいた』

これは、昔、麻紀が私に言ったこと？　それとも、今、私が空想で作り出しているお話？

真美には、その判別がつかなかった。

7

健吾の消息がつかめる気配は一向になかったが、女が誰なのかはすぐに分かった。方々に電話をする必要などなかったのだ。

ある日の夜のことだった。

『もしもし、櫻井《さくらい》真美さんですか？』

非通知でかかってきたその電話に訝しげに出た真美の耳に飛び込んできたのは、滑舌《かつぜつ》の良いハキハキとした声だった。

一瞬、麻紀のことを思い出した。彼女が生きていれば、きっとこういうふうにしゃべる大人に成長しただろうな、と思った。

『はじめまして、私、黒木《くろき》妙子《たえこ》といいます。石井健吾さんと一緒にお仕事をさせてもらっている者です。ちょっと石井さんのことで、お話がありまして』

その声を聞いた瞬間、身体がわずかに震えた。この感触、なんだろう。最近、どこかで感じたことがある。記憶の中を、手探りする。すぐに思い出した。あの日、閉ざされた健吾の部屋のドアノブに触れた時、身体に静電気のようなものが走った。あれと同じだ。

この女性は、健吾にとって特別な存在なんだ、そう直感した。

「石井健吾さんと、どういうご関係なんですか？」

『私、出版社に勤めているんですが、文芸作品における新人発掘を精力的に行っておりまして——その関係で石井さんとお付き合いさせてもらっているんです』

思わず、息を吞んだ。確かに健吾は、一緒に暮らしていた頃、良く本を読み、パソコンでなにかを書いていた。新人賞に応募するつもりだということも知っていた。彼は作家志望だったのだ。

だがそんなものは当分実現しない夢だとずっと思っていたのに。

「健吾――さんが、本を出すんですか？」

『いえ、まだそういう段階じゃないんですけど、習作をいくつか読ませて頂いたんですが、私、石井さんには才能があると感じていまして――。近い将来そういうことになるんじゃないかと』

直感はほとんど確信に変わった。どうして出版社の人間が、まだ海のものとも山のものともつかない作家志望の若者のありかを、必死になって捜すのだろうか。

出版が決まっているとか、すでにデビューしている人間ならいざ知らず、健吾はまだそんな段階ではないだろうに。

唐突に、言葉が口をついて出た。もし間違っていたらどうしよう――そんな躊躇《ためら》いがふと頭に浮かんだが、もう遅かった。

「石井健吾さんと、お付き合いされているんですか？」

黒木妙子はその言葉で、ふいをつかれたかのように黙り込んだ。しかしすぐに気を持ち直した様子で、

『――はい。その通りです』

その一瞬、時間の流れが止まったかのように思えた。何故だろう――私は、ちゃんと覚悟

していたのに。

分かっている。自分は、健吾とはもう終わったのだ。その健吾が、今誰と付き合おうが、自分が関する所ではない。

そう、分かっている。

分かっているけど。

健吾は、素晴らしい男性だった。外見がどうだとかは問題ではない、重要なのはその内面性だ。大学時代、健吾を慕っている女子学生は多かった。だから真美は、自分と別れてもきっとすぐに彼は新しい恋人を見つけるだろうと思っていた。健吾だったら、引く手数多《あまた》だったに違いない。

あの出来事を悼んでもう恋人は作らない——そんな聖人君子を望むのは、間違ったことなのだ。自分は今、恋人はいない。しかしそれは、過去がトラウマになっているというわけではなく、元々奥手だったというだけのこと。

『もしもし？』

「はい——」

黒木の声に、相槌を打つのがやっとだった。

『いきなりお電話して、申し訳ありません。相原《あいはら》友恵さんに番号を教えてもらったんです。

櫻井さんだったら、なにか知っているんじゃないかなって思って』

——友恵が番号を教えたのか。この間会った時、友恵は健吾の部屋を訪ねた女など知らないと言っていた。心当たりすらない様子だった。きっと、友恵が黒木妙子にこの番号を教えたのは昨日か今日のことだろう。心当たりに電話をかけ、伝《つて》を辿って辿って、ここに辿り着いたというわけだ。

「私が、なにを知っていると思ったんですか？」

と問い掛けてみた。

『石井健吾さんの居場所です。一年前までお付き合いされていたみたいでしたし、結構親密な間柄だったらしいから——』

小さく息をついた。黒木妙子に悟られないように、呼吸を整えた。

「居場所は、分かりません。こちらが知りたいぐらいです。私も、捜しているんです」

『そうですか——』

黒木は落胆したような声を出した。

「お付き合いしているのなら、石井さんが行きそうな場所になにか心当たりはないんですか」

『——それが』

急に、黒木は言いよどんだ。

嫌な予感がした。

『電話じゃ、ちょっとお話ししづらいことなんです。直接お会いできませんか？』

「ひょっとして、石井さんのアパートを訪ねませんでした？」

『はい。何回も』

「お隣の遠藤さんに、石井さんの居場所をたずねました？」

『そうです、どうしてご存知なんですか？』

「私も黒木さんと同じことしたんです。そしたら遠藤さんが教えてくれました、あなたのことを」

黒木と会う約束をし、ベッドにもぐった。眠りにつくには少し早かったが、物思いにふけりたくなったのだ。

例のゲームだった。

健吾と付き合っていた時は決してしなかった遊び。でも別れた今は――。

場所は、二人で暮らしていた部屋。明るくて清潔感のある白く、優しい空間。あの時まとわりついていた生活の錆は微塵《みじん》もない。

自分の気持ちようで、世界はこんなにも違って見える。二人が交わす会話まで、真美は詳細に思い浮かべる。

二人は笑顔を絶やさない。

——なあ。

——なに?

——俺達、やり直さないか?

真美は無言で、健吾の手を握る。

——もう君に、あんな辛い想いは、させないから。

真美はやはり無言で頷く。そして顔を近づけ、口づけを交わそうと——。

その時、インターホンが鳴る。立ち上がろうとする健吾を制して、真美が玄関に出る。

部屋の外には、麻紀がいる。二十歳を過ぎた今でも、あの時と同じように、悪戯っ子のような笑顔を絶やさずに。

——私の言った通りだったでしょう? 勇気を出して、彼に打ち明ければ、きっと姉さん達はやり直せるって。

——そうだね。ありがとう。

——私の言うことに、間違いはないんだから。

——上がっていく？　健吾に紹介するよ。

——ううん。邪魔しちゃ悪いから、私、帰るよ。

微笑み、そう言い残して、背中を向ける麻紀。真美はその背中をしばらく見送る。

——誰だった？

と、健吾がたずねる。妹だよ、と真美は答える。

ふと、悪戯心から、真美は健吾にたずねる。

——私も、麻紀も、同じ顔なのに、どうして私の方が好きなの？　ううん、同じじゃない。麻紀の方が、よっぽどセンスいいよ。私なんかより、ずっと。

健吾は、真美の目をまっすぐに見て答える。

——恋って、そういう問題じゃないだろう？

——そうだね。馬鹿なことを聞いてごめんなさい。

二人は、そっと抱き合い、唇を重ねる。幸せだった。こんなに幸せな瞬間は、現実の世界には絶対に存在しない。

——なあ、今度は俺が聞いてもいいか？

——なあに？

——君と、妹さんとは、少なくとも外見上は瓜二つだ。

――うん。

――君が真美だって、俺に証明してくれよ。もしかしたら、妹さんが変装して、俺を騙《だま》しているのかもしれないだろ？

――もし、私が麻紀だったら、これって浮気だね。

――でも、俺は無罪だろ？　騙されていたんだから――。

――駄目、有罪だよ――。

――。

そんな甘い、取りとめもない日常を想像して、自分を慰める。情けなくなることが、ないと言ったら嘘になる。だけど、これは誰にも気づかれない、自分だけのゲーム。想像力の特権。人は誰でも、心の中に自分だけの王国を持って、そこに女王のように君臨し、すべてを支配できる。

誰にも、他人の心の中だけは覗けない。だから、遠慮や自制をする必要なんか、どこにもないのだ。

麻紀だって、心の中に『友達』がいると言っていた。自分はもう成長した。どれだけ想像力の羽を伸ばしても、空想と現実の境界線ぐらい、見失わずにいられる。麻紀のように、自分が殺されると泣き喚くようなことは、決してない。

8

健吾が現在付き合っている恋人。そんな人物と、いったいどんな顔をして会えばいいのか分からなかった。

活発で明るく、リーダータイプ。学校ではいつも学級委員を務めたことだろう。やはり妹の麻紀のタイプだ。自分よりも年上であるせいかもしれないが、『エトワール』で直接会ってみて、その印象はいっそう強くなった。無下《むげ》にその頼みを断ることができないような雰囲気が、彼女の口調からは感じられた。

理知的で、弁が立つ女性だな、と真美は思った。明るく、服のセンスも悪くない彼女に接し、健吾には自分よりも彼女の方がお似合いなのかもしれないとも思う。

『株式会社　秋花舎《しゅうかしゃ》　文芸書籍編集部　黒木妙子』

差し出された名刺には、そうあった。読書が好きなら知らない者のいない出版社だった。

勿論、フリーアルバイターの真美が名刺など持っているはずもない。口頭で名乗り、軽く会釈した。

何を話せばいいのか分からず、うつむきながらコーヒーを飲んでいると、

「どうして、石井さんと別れたんですか？」

と唐突に黒木がたずねてきた。逡巡《しゅんじゅん》した。本当のことを言えるはずがないことは勿論だが、彼女は健吾から聞かされすべて知っているくせに、カマをかけているのかもしれないのだ。

迷った末、その質問には答えずに逆に問い返してみた。

「私のことを、石井さんから聞いたんですか？」

黒木は首を振った。

「一緒に暮らしていた彼女と別れたということは聞いていましたけど、それ以外はなにも。だってしつこく聞いたら失礼になるでしょう？」

どうやら黒木は自分のことを詳しく知ってはいない様子なので、真美は安堵した。

「編集者が、作家と恋人の関係になってもいいんですか？」

皮肉っぽく、そうたずねた。

「作家じゃありませんよ。まだ、デビューも決まっていないし、多くの投稿者のうちの一人というだけです。勿論、大っぴらに人には言えませんけどね。でも、仮に作家だとしても、

職場恋愛みたいなものです。おかしくはないでしょう？」

　といけしゃあしゃあと黒木は答える。

「今、おいくつなんですか？」

「女性に歳をたずねるんですか？」

「私も女性だから、いいじゃありませんか？」

　黒木は微笑んで、三十四です、と答える。歳の離れた姉の世代という感じだ。つまり、大人の女性だった。健吾の隣の部屋の遠藤は真美より少し年上の女性と言っていた。当たらずとも遠からずといった所か。確かに黒木の外見を見れば、まだ二十代と言っても十分通用するだろう。

　人生経験もそれなりにあり、仕事上のアドバイスをしてくれる、頼れる女性。彼女に比べれば、自分など取るに足らない子供の女なのだろう。面白くなかった。来なければ良かったとほんの少しだけ考える。そして、健吾の行方などもうどうでもいいと思い始める、そんな薄情な自分に気づく。

　遠藤が健吾は旅行に行ったと教えてくれたのだ。なにも問題はない。長崎のどこに出かけたのか定かではないが、その内、土産物の一つも持って、ひょっこり姿を現すかもしれない。

　どうせ健吾は——この黒木妙子という編集者と、いい関係を築いているのだ。これ以上、二人の中に深入りしても、嫉妬に狂うだけなのは目に見えている。

頭の中で席を立つ口実を考えていると、黒木が口を開いた。

「石井さんが、旅行に出かけたというのは本当のことでしょうか？」

「——どういう意味です？」

「いえ、石井さんが自分の口からそう言ったそうですけど、なんていうか——旅行目的というよりも、逃げているという可能性はありませんか？　もし逃走しているのなら、本当の行き先を言うはずはありません。追っ手を欺《あざむ》くための、嘘とも考えられます」

真美は、一瞬唖然とした。逃げる？　いったい、なんのこと？　人一人が数日間いなくなったのだから、心配するのは分かる。だからといって逃走しただなんて、飛躍にもほどがあり過ぎる。どうして素直に、旅行に行くという彼の言葉を信用しないのだろうか。自分達は深い間柄なのだから、旅行するなら一言自分に断るはずとでも？　ますます面白くない。

でも——まがりなりにも社会に出て働いている三十四歳の人間が言うことだ。それなりの根拠がある考えなのだろう。

思えばここ一年間、健吾とは会っていない。最近の健吾の様子は、彼女の方がずっと良く知っているはずだ。

「石井さんが、誰かに追われているとでも？」

黒木は、その質問にすぐには答えなかった。

思わず唾液を飲み込んだ。その黒木の態度から、今自分が口にした疑問は決して的外れではないことを悟ったからだ。

黒木はおもむろに口を開いた。

「警察にも、相談しました。でも、警察は、具体的な被害がないと動いてはくれないんです」

「――いったい、どういうことですか？」

黒木は、身を乗り出すようにして、真美に身体を近づけた。まるで周囲の人間に言葉を聞かれまいとしてるかのようだった。

しかし、それでもまだ話をするのにためらいがある様子が見てとれた。自信に満ち溢れていた表情が、ほんの少しだけ曇った。表情をうかがうかのような目で、真美の顔を見た。

「私なら、大丈夫です。口は堅い方ですから、約束は守ります」

その真美の言葉に背中を押されたように彼女は話し出した。

「私、ある男に付きまとわれているんです。ストーカーと言ってもいいかもしれません。昔の恋人です。最近、急に私の前に姿を現して、酷い嫌がらせを。新しい恋人がいるって言っても杉山《すぎやま》は洟《はな》もかけない様子で、ますます付け上がって」

「杉山？」

「その、私に付きまとっている男の名前です。石井さんは、私のことを守ってくれました。だけど、それが仇《あだ》になったみたいで、彼を巻き込んでしまいました。電話ボックスにこもって、ずっと私の部屋を見つめている杉山に、石井さんが注意をしてくれたことがあるんです。だけど杉山は、へらへらと笑うばかりで、反省したり怯《ひる》んだりする様子なんて微塵も見せませんでした」

「その杉山って人が、黒木さんや、石井さんに暴力をふるったことはあるんですか？」

黒木は首を横に振る。

「ありません。杉山は計算高い男です。手を出してしまえばそれはもう傷害事件ですから、警察が介入することになりますよね。そういう事態を避けるために、杉山は法に抵触しないぎりぎりのラインで止まっているんです。昔の彼女に一日に数回電話をかけたり、住んでるマンションの前を数十分間うろうろしていたからって、警察に逮捕されることはまずないでしょう？」

真美はコーヒーカップに口をつけ、考える。石井健吾。昔の恋人。もう切れた男。そんな男がどうなろうと知ったことではない、そう言い切ることも可能だ。未練がないと言ったら嘘になるが、彼にはもう黒木妙子という新しい恋人がいるのだ。

この嫉妬という感情――。

もし黒木がいなかったら、健吾に新しい彼女ができていなかったら、自分は間違いなく健吾の身を案じ、彼のことを捜すだろう。

だけど――。

「昔の恋人がどうなろうと、知ったことではありませんか？」

こちらの心を見透かしたように、黒木は言った。

真美は静かに微笑み、首を横に振って、いいえ、と言った。その答えが嘘なのかそうでないのか、自分でも分からなかった。

「――その、杉山という男のせいで、石井さんが失踪したと、確信できるんですか？」

自分の中に存在する、健吾と黒木に対する感情。それは霧に包まれているかのように、色や形が分からない。なにがしたいのか、なにを望んでいるのか、自分のことなのに、分からなかった。

子供の頃から、自分はこうだった。トロくて、優柔不断で、物事を上手く先に進めることができない。活発な麻紀とは大違いだ。明るく明瞭な判断をする妹に対する憧れにも似た気持ちは、そのまま自分のコンプレックスとなっていた。

駄目だ。こんなことでは――そう真美は思う。

自分はもう子供ではない。深く考え過ぎるからいけない。黒木と自然に言葉を交わせばいいだけなのだ。

「石井さんの失踪にその杉山という男が係わっているという、確信はあるんですか」

「証拠はありません。だけど、きっとそうだと思うんです」

「杉山という男に、問い質《ただ》しましたか？」

「――いいえ」

「どうして――。そうすれば、話が早いのに」

「聞いたって、杉山が本当のことを言う保証なんてどこにもありません。それに――」

「それに？」

「杉山も、捕まらないんです」

「え――？」

「石井さんが消息を絶った時、私は真っ先に杉山のことを疑いました。だから杉山に電話をかけました。彼の部屋にも行きました。自分からあんな男に会いに行くなんてしゃくでしたけど、そんなことを言ってる場合じゃありませんから。でも、杉山は捕まりませんでした。まるでどこかに雲隠れしてしまったみたいに」

カップをソーサーに置くと、ほんの少し音がたった。指先の震えを確かに感じた。

可能性が二つ頭に浮かんだ。二つ目の方を口に出した。

「杉山が石井さんを拉致した？」

その言葉を聞いた黒木は目線を下げ、呟くように言う。

「——そう考えることもできます。でも、もっと悪い可能性も——思いつくんです」

一つ目の方。

「杉山が、石井さんを殺し、死体をどこかに隠した。警察の捜査が自分に及ぶのを恐れた杉山も、逃走を図った」

黒木は、真美が思った通りのことを口にした。

一度言葉になったそのイメージからは、次から次へと悪いことが湧き出てくる。

健吾の死体を、杉山がどこかに隠した——。

いや、隠す必要などない。

あの、健吾の部屋だ。

「どう思います？　櫻井さん」

「この間——石井さんの部屋を訪ねた時、私、感じたんです」

真美は一人呟くように言った。

「郵便受けには、沢山新聞が溜まっていて、長い間留守にしていることはすぐに分かりました。だけど、万が一ってことがあるでしょう？　一応、ドアノブに触れてみたんです。勿論、鍵がかかっていて開きませんでしたけど――。その時、なんて言ったらいいのか、すごく悪い予感がしたんです。ドアノブから、なにか嫌な静電気みたいなものが、私の身体の中に入ってくるような感じがして、思わず手を離しました」

あの時、感じたものを、真美は脳裏に思い浮かべる。

「ごめんなさい。こんなこと言っても、黒木さんには訳が分からないでしょうけど、なにか嫌な気配を感じたのは確かなんです」

「石井さんが、死んでいるかもしれないと？」

「今、黒木さんから杉山という男の話を伺ったから、後付けでそういうふうに思ってしまっているのかもしれません。でも、石井さんがなんらかのトラブルに巻き込まれているのかもしれないって――その時はそんな予感がしたんです」

黒木が唇を嚙み締めるような表情をした。

「石井さんが、こんなに長い間連絡をくれないってことは、今まで一度もないんです。もし何日も旅行するのであれば、自分の不在をあらかじめ親しい人に伝えておくはずです」

別れた自分はともかくとして、今現在付き合っている黒木や、親しい友人の高畑まで健吾の行き先を知らないのだ。誰にも黙って、何日間も消息を絶つなんて、尋常なことではない。

「杉山という人は、そんな簡単に、衝動的に人を殺すような男なんですか？」

「――分からないです。だって付き合っていた頃は、彼も優しくて、まさかこんなストーカー行為をするような人だとは夢にも思いませんでしたから。確かに、ちょっとのことでカッとなって怒ることはありましたけど――」

自分も杉山の立場だったらどうだろうと、ふと考えてみる。

いや、どうだろう、などという悠長な事態ではない。自分もまさに彼と同じ立場なのだ。昔付き合っていた恋人に、新しいパートナーができた――。嫉妬に狂い、その人物に殺意を抱く。それればかりか、元恋人にまで。

勿論たとえばの話だ。いくら嫉妬しているからといって、健吾や黒木に対して殺意を抱くようなことは決してない。そう、自分なら。

だけど、ほんの少しだけ自制心が欠けている人物なら、傷害沙汰に発展する可能性が決してないとは言い切れない。

「私達だけじゃ、どうにもなりません。やっぱり警察に相談しましょうよ」

と真美は言った。だが黒木は、

「相談ならしました、何回も。でも警察はまともに取り合ってはくれません。石井さんが定職に就いていないということもあるかもしれませんけど、これがなんらかの事件だという証拠がないと、お手上げなんです。勿論、建前ではちゃんと捜索してると言っているけど、本気になって捜してくれているわけじゃ絶対ないんです」

「そうなんですか——。酷いですね」

と口では言いながらも、それも仕方がないなと思う自分がいた。

幼児が行方不明になったのならいざ知らず、健吾は大人だ。そして自らを縛るものはなにもない、自由気ままなフリーアルバイター。ちょっと行方知れずになったぐらいで、忙しい警察が構ってくれるとは限らない。

だから、健吾が事件に巻き込まれたという証拠が必要だった。

『エトワール』を出た後、真美は黒木と共に健吾のアパートに向かった。部屋の様子になにか変化がないとも限らない。

もしかしたら、健吾が帰って来ているかもしれない。本当に旅行に行っているだけかもしれないのだ。もしそうだとしたら真剣に心配したのが馬鹿みたいだが、彼が無事であることに越したことはない。

日は落ち、辺りは薄暗くなっていた。

「石井さんは、作家の才能があるんですか?」

部屋に向かう道すがら、黒木にたずねてみた。

「ありますよ。でも、まだ足りないものがあります。それを補うことができたら、すぐにでもデビューできるでしょう」

「足りないもの?　なんです?」

「それは嘘をつく能力です」

と言った。

「嘘?」

「そうです。小説はフィクションです。現実とは違います。想像をたくましくさせて、作者は、嘘の世界を頭の中に思い描き、それを物語にします。経験豊富でなければ小説は書けないっていうけど、それは間違いなんです。経験がなければ駄目というのなら、殺人犯の気持ちなんて、人を殺さないと書けないってことになってしまいます。ましてやSFや歴史小説なんて書くことは不可能です。だから小説に嘘は絶対に必要です。虚構と言ってもいいですね。それが小説そのものと言っていい。ドキュメンタリーやノンフィクションとは違うんだから」

「石井さんには、そういう能力が欠けていると?」

「まあ、そんな深刻な事態じゃないんですけど。小説に書くものはなんでもある程度の経験を積まなければならないって思い込んでいるふしがあるんです。結構、完璧主義者みたいなところがあって、なにかあると取材、取材、取材で、ちっとも脱稿しません」

——なんだ。

要するに、書くのが遅いのだ。

真美は別の質問をした。

「石井さんの、なにが好きなんです？」

だが間髪を入れずに黒木に、

「じゃあ、あなたは石井さんのなにが好きだったの？」

と問い返された。

「え——？　私は——」

言葉に詰まった。

そんな真美を見て、黒木はおかしそうに笑う。

「あなたはどうして石井さんと別れたの？　好きじゃなくなったから？　嫌いになったの？」

真美は答えられなかった。戸惑う気持ちを誤魔化《ごまか》すように、真美は別の質問をした。

「――黒木さん。石井さんの部屋の合鍵はお持ちじゃないんですか？」

黒木は残念そうに言った。

「まだ貰《もら》ってない」

ほんの少しの優越感。

「合鍵があったら、とっくに部屋に入っていますよ」

合鍵を持っていないということは、まだ二人の関係は同棲とか半同棲にまでは進んでいないのだろう。自分はそこまで、いや、もっと先のレベルまで進んだ。結果的に残念なことにはなったけれど、婚約したに等しい間柄だったのだ。

でも、黒木が健吾とそこまで進む可能性はどれぐらいあるのだろう。合鍵を持っていないという事実は二人が深い仲でない可能性を示唆《しさ》しているが、男女関係に絶対の法則などありえない。

「櫻井さんは？　合鍵持ってないの？」

「別れた時に返しました」

「そうか、残念」

健吾が住むアパートが見えてきた。

一年前まで、二人で住んでいた部屋。そこに今、健吾の新しい恋人と共に訪れる――。

なぜだか、急に息苦しくなった。極度の緊張が胸の中に湧き上がった。

——まただ。

この間も、ここを訪れた時にこんな気分になった。頻度がだんだん高くなっていく。友恵の言うことに耳を傾けず、不精して医者に行かなかった罰が当たったのかもしれない。

胸が、苦しい。締め付けられるようだ。

思わず、足を止める。

怪訝そうな顔で黒木がこちらを見た。

「どうしたの？　大丈夫？」

こちらの様子をうかがうかのように、真美の顔を覗き込む。

「なんだか顔色、悪いよ」

小さな深呼吸を幾度か繰り返した。

健吾があの部屋の中で死んでいるかもしれない、そんなことを一瞬でも考えてしまったせいだろうか。

「大丈夫です。ごめんなさい。なんだか急に気分が悪くなって」

そう黒木の言葉に答えながらも、真美の想像は止まらない。頭の中の悪いイメージがどんどん現実味を帯びてくる。

閉ざされた部屋の中で、日に日に朽ちてゆく健吾の死体——。失踪した時点ですでに杉山という男に殺されていたとするならば、この暑さだ、腐敗はかなり進んでいるだろう。もしそうだとしたら、部屋から匂いがするはずだ。健吾が殺されているか否かはそれで分かる。だが、このアパートの各部屋の気密性は決して低くはない。匂いが隣の部屋に漏れるまでには、数週間かかるかもしれない。

それに杉山にとっては、逃走する時間を稼ぐには死体の発見が遅れれば遅れるほど好都合であるはずだ。

大きな旅行用のトランクを用意し、中に健吾の死体を詰め、鍵をかけ、ビニールテープで厳重に封をしたら、腐敗臭が外部に漏れるのを防ぐことができる。ドライアイスも一緒に入れれば完璧だ。死体は冷やされ、腐敗は遅れる。それともばらばらに解体してから冷蔵庫にしまうとか？　暑い夏だといっても、腐敗臭を防ぐ方法はいくらだってあるのだ。

そして、健吾は、ずっと誰にも発見されないまま——。

不吉な想像が止まらない。イメージが虫のように、後から後から湧いて出てくる。

腐乱した健吾の死体に湧く蛆虫《うじむし》のように——。

思わず口を押さえた。

「ねえ、本当に大丈夫？」

大丈夫です、と答えようとした。

と、その時、

「あら、あんた達」

聞き覚えのある声で我に返る。

隣の部屋の、遠藤がいた。スーツ姿で、手にハンドバッグを提げている。今から出勤する所なのだろう。

「二人揃ってどうしたの？」

真美が口を開く前に、黒木が言った。

「先日は、どうもありがとうございました。石井さん、まだ帰ってらしてません？」

遠藤は無言で健吾の部屋の窓を指差す。真美はつられてそちらを向いた。

失望した。

部屋の明かりが、灯っていない。

「帰ってきた様子はないね」

とそっけなく遠藤は言った。それから真美を見やって、

「私だって、結構長い間あなた達の隣人をしているんだから、部屋に帰ってきたらすぐに分かるわよ。物音がするもの。私が外出している時に戻ってきたとしても、いるかいないかは

気配で大体わかる」

「――そうですか」

と黒木は相槌を打ちながらも、真美をちらりと見やった。遠藤の言った〝あなた達の隣人〟という言葉に、ほんの少し気持ちを動かされたのかもしれない。何にせよ、黒木と健吾の間柄は、あの頃の自分と健吾のそれとは程遠いに違いない――。そんな些細なことでも優越感に浸ってしまう自分が、嫌だった。

「ひょっとして、あの人、失踪してるの？　もしそうだったら、早いとこ警察に届けた方がいいよ」

「――はい」

じゃあ私はこれで、と言い残し、遠藤は真美達が今来た道を歩いて行った。

「帰ってきてないのか――」

残念そうな様子で黒木は呟く。

不快な気分が消えることはなかった。気持ちが悪い。でも吐き気とは違う。今まで一ヶ月か二ヶ月に一度ほど襲ってきた〝感覚〟。それがそう日を置かずに二度も。しかも同じ場所で。不安は一層強烈になる。ただとにかく、居心地が悪かった。まるで頭の中に誰か別人の自我が入り込んだような――。

――頭の中の『友達』。

麻紀。

座り込みたい、早く帰ってベッドに横になりたい。

「櫻井さん?」

身体が崩れ落ちてしまいそうだ。

「しっかりして」

よほど青い顔をしていたのだろう、血相を変えて黒木が言った。

気力を振り絞り、答えた。

「大丈夫です」

本当は、ちっとも大丈夫ではなかった。

真美は歩き出した。健吾の部屋のドアはすぐそこだ。そう、分かっている。あの部屋に近づくと気分が悪くなるのだ。現に、一歩一歩近づいていく今も不快感は急上昇している。でも、ただそれだけ。別に死ぬわけじゃない。だから頑張って、と自分に言い聞かす。

それは、たとえるならば、不安と、恐怖にも似た感情。

耐えられなくなったら、すぐにここから遠ざかればいい。そうすれば、この感覚も静まるはず――。

ドアの前に立った。
静まれ、静まれ、と心に念じ、何回か深呼吸した。
そっと、ドアノブに触れた。
――と。
その一瞬、
視界が消えた。
苦しい。
息ができない。
頭の中に入り込む、別の映像。
視界は暗闇に包まれている。
首にまとわりつく誰かの手。
誰かの息遣い。
この声は――。
健吾。

苦しい。

息ができない。

助けて。

「嫌ッ！」

叫んで、真美はノブから手を離した。そして逃げるように背を向け、ドアから遠ざかった。もう一分一秒たりともここにはいられない、そう思った。

この部屋の中で、男が首を絞められて殺されている。

そんな考えが頭に浮かんだ。いや、考えなどというものではない。それは確信であり、事実だった。首にかかる何者かの掌。この部屋の中には、誰かの死体が存在している。どうしてそんな思考に至ったのか、真美には分からなかった。まるで自分が殺したかのように、いや、自分が殺されたかのように、この部屋の中に死体があることを、今この瞬間に知ったのだ。

「櫻井さん！」

黒木の声で、我に返る。

混乱で思わずこぼれた涙を手の甲で拭いながら、真美は振り返った。

「いったい、どうしたっていうの？」

その質問にも、ただ呆《ほう》けたように首を数回横に振ることしかできなかった。

自分でも理解できなかった。いったいなんなのだろう？　パニックの底に落ちたようなこの感覚は？

黒木は怪訝そうな顔でこちらを見つめている。いや、怪訝さを通り越して、まるで化け物を見るかのような顔だ。初対面の黒木に、良い印象を与えることはこれでできなくなってしまっただろう。当然だ――。

いったい、なにが自分をこんなにも取り乱させたのだろう。

過去は健吾と別れることで清算した。

昔の心の傷をいつまでも引きずるほど、自分は子供ではない。

それなのに、どうして――。

こんな発作は初めてだった。

小さい波が時たま襲ってくることは今まで何回もあった。しかし、そんなものはすぐに精神力で押し殺すことができた。

でも、これは違う。

たとえるなら、まるで津波だった。

心の中に急速に広がっていくどす黒い不安。

友恵が言った冗談を思い出した。
――ひょっとして部屋の中で死んでるんじゃないの？
――きっと死因は餓死だね。
――それともあなたが健吾のことを殺したんじゃないの？　別れ話のもつれでさ。
まさか――。
そんなはずはない。ただの私の思い過ごしだ。こんな勘など当てにはならない。
――でも。
真美は、思わずにはいられない。
健吾は――。
あの中で死んでる？
餓死ではなく――。
悪意ある何者かの手によって、首を絞められ殺されて。
「――黒木さん」
恐る恐る呼びかけた。
黒木妙子は心配そうな表情で、真美の顔を覗き込む。
「――一つ質問してもいいですか？」

「なんです？」

「仮に杉山という人と石井さんが一対一で喧嘩した場合、いったいどちらが勝つと思います？」

子供じゃないのだから殴り合いの喧嘩などする機会はめったにないだろうが、想像はできる。

健吾は痩せ型で、顔は青白い。運動などめったにしないタイプの男だ。だけど、取り立てて弱々しい感じは受けない。ただスポーツマンタイプではないというだけのこと。もし首を絞められて殺されたとしたら、それは圧倒的な体軀《たいく》の差があるということを意味している。杉山がどんな男かは知らないが、そんな簡単に首を絞められて殺されるものか。

喧嘩をしたとしたら互角だよ、という答えを期待した。いや、健吾の圧勝という答えでもいい。

しかし、黒木の答えは、真美の期待を打ち砕くものだった。

「それは多分、杉山が勝つと思います」

「――どうしてですか？」

「杉山、子供の時にいじめられっ子だったんです。それで友達を見返そうとして空手を始めたそうです。段を持っているって言ってました。だからかなりの実力だと思います。身体も、石井さんよりも一回り大きいですし――」

不安そうな表情で、黒木は語った。

真美は血の気が引いた。

「じゃあ、もし杉山という人が怒り狂って石井さんを殺そうとしたら――。たとえば手で首を絞めて殺すなんてこと、簡単にできるんですか？」

黒木は真美の言葉に目を剝いて、変なことを言わないでください、と抗議するかのような口調で言った。

簡単にできるのだ。

「もしかして――」

真美は呟いた。

「――健吾は殺されているかもしれない。その杉山という人に首を絞められて。そして死体はこの部屋の中にあるのかもしれない」

自分自身に言い聞かせた言葉だった。だが黒木が聞き逃すはずがなかった。

「どうしてそんなことを言うんです？　しかも、首を絞められた、なんて妙に具体的なことを。殺されたなんて――そんなこと考えたくはありません」

真美にはもう、返事をする気力もなかった。

9

「一人の時も、決して寂しくなんてない。だって頭の中には『友達』がいるものの」

その友達は私の頭の中にもいるの？

「そうだよ」

誰が？

「たとえば私」

あなたがいるの？

「私は死んでも、いつも真美の心の中にいるのよ」

健吾も、私の心の中に住むようになるの？

「『友達』が暴れて、私を苦しめることもある。でも大丈夫。慣れればコントロールできるから」

ひょっとして、健吾の部屋の前で私がなったのも、それ？

私も、慣れるかな——。

ねえ、

黙ってないで、教えてよ。
——麻紀。

黒木と別れ、自分の部屋に帰った。一人暮らししているアパートの一室。健吾と暮らしたあの部屋よりも、だいぶ年季が入っている。家賃を節約したわけではない。思い出したくないから、似た部屋は意識的に避けたのだ。

一人だけの夕食を取り、シャワーを浴び、電気を消してベッドに潜ると、たちまち真美は回想の海でおぼれていく。いつもベッドの中で一人行う想像のゲームも、調子が悪かった。あの健吾の部屋の前で襲われた混乱。それが今では嘘のように引いていた。ただ後に残るのは、いったいあれはなんだったのだろうかという疑問。

黒木に医者に行った方がいいと勧められたが、まだ抵抗があった。大体、どこの科に行けばいいのかが分からない。あの部屋から離れた今では、あんな発作が嘘のようだ。もしかしたら、心因的なものなのかもしれない。ということは精神科だろうか。担当医になんて説明する？　過去のトラウマがあなたの症状を重くしているのですさあ洗いざらい話してくださ い、などと言われても困ってしまう。たとえ治療の場でも、あんな過去をおいそれと口にできるはずがない。

もし医者にかかった場合、治療はいったいどういった類のものなのだろう。セラピーだろうか。もしかしたら投薬治療も行われるかもしれない。

第一、あの感覚——恐怖と、不安、自分の身体が自分のものではないかのような——を口で説明して、他人に分かってもらえるとはとても思えない。

発作。

その言葉で真っ先に思い出したのは、麻紀のことだ。

あの原因不明の病気を、何年も経った今、姉の自分も発症したのだろうか。しかし人生で一度も階段から落ちたことはない。頭を打ったこともない。入院すらしたことがないのだ。

麻紀は何人もの医者にかかったが、治療の成果は芳《かんば》しくなかった。ある種のヒステリーの類だと医者達はさじを投げた。だがその発作も一年ほどで治まった。

階段を落ちて頭をぶつけたショックで症状が始まったと言っても、やはり心因的なものだったのだろうか。麻紀の脳には一切損傷はなかったのだ。

心因的——それなら、自分も。

その発作が治まってからまもなくして、麻紀は死んでしまった。

麻紀は幼くして死んだが、真美は健やかに成長した。相変わらず『友達』ゲームは続けていたが、それなりの分別がつくようになると、麻紀のことについて一度きちんと考えようという気にもなる。

『頭の中に誰かいるよ！』

忘れもしない、その麻紀の声。

ひょっとして麻紀は多重人格ではなかったのだろうか、と当時高校生だった真美は考えた。図書館の本によると、医学的には解離性同一性障害というらしい。人格と人格が頭の中でコミュニケーションしている事例も現実にあり、それで麻紀の行動が説明できるような気がした。

でも、その推理にもネックがあった。

多重人格は虐待によって生み出されると、どの本を読んでもそう書いてあった。幼い子供は度重なる虐待から逃れるために、無意識に別の人格を作り出すというのだ。

そう、まるで麻紀の『友達』のように。

しかし、真美には麻紀が両親に虐待されていたという記憶はない。もし、そういったことがあったとしたら、同じ屋根の下で生活しているのだから、すぐに分かるはずだ。勿論、自分が虐待されていたこともない。いくら麻紀が活発で明るくおてんばだったとしても、麻紀一人が虐待されて、その被害が自分に及ばず、しかもその虐待に気づかないなんてことは、ありえないだろう。

健吾との交際に反対した、堅物で、うっとうしい両親だったけど、それでも自分達を育ててくれた人だ。虐待なんてもってのほかだ。そんな事実があるはずがない。

多重人格説はありえないだろう、真美はそう判断した。

『助けて！　誰かが私を殺すよ！』

――幼い麻紀はそう叫んだ。


真美は思い出す。今日、健吾の部屋の前で自分を襲った発作のことを。

耐えがたいほどの不安と恐怖。

そして息苦しさ。

呼吸ができない。

まるで誰かの手で思いっきり首を締め上げられているような気持ちだった。

これを真美が『殺される』と表現したというのだろうか？

麻紀は、自分が殺されるという発作に襲われていた。そしてそれが治ってまもなく、彼女は死んだのだ。まさか、自分の死を予知していたと？

しかし、麻紀の死は事故ということになっている――。

つまり、あれは事故ではなく、殺人だったと？

——馬鹿馬鹿しい。

真美はベッドの中で寝返りを打つ。

確かに麻紀が事故にあったその瞬間は誰も見ていない、だからといって殺されたと？

それに、もしその想像が真実だとしたら、それはとりもなおさず自分も死ぬということなのだ。

なにがなんだか、分からなくなってきた。

今日、部屋に行く前に真美は『エトワール』で黒木と話をした。杉山という男が健吾を殺したかもしれない、と黒木は言った。真美は黒木のその話を信じ込んだ。真美の想像、妄想はどんどん広がってゆく。杉山はどうやって健吾の死体を処理しただろうかと、そんなことも頭をよぎる。

つまり、自分は暗示にかかりやすい性格なのかもしれない。

確かに自分は、あまり人を疑わない単純な性格だ。でも、性善説という言葉を信じたい。みんなもきっと自分と同じように他人に優しい人達なんだ——しかしそんな期待が裏切られることが、人生にはあまりにも多い。

結局——。

不安と暗示が積もり積もって、あんな発作が起きたとは——考えたくなかったのだ。

私はそんなに弱い人間じゃない。

麻紀。

そっと、心の中で呼びかけてみる。

久しぶりに、彼女のお墓参りにでも行こうかと考える。

暗闇の中で一度目を開け、そして再び閉じる。

早く眠りたかった。眠って身体を休めたかった。

昔の思い出に浸ればリラックスすることができるだろう。できるだけささやかな思い出がいい。あまりドラマティックなものだと、興奮して眠れなくなってしまう。

羊を数えるように、一つ一つ思い出を、過去の記憶から掘り返す。


あれは梅雨が終わった夏のことだった。

麻紀と二人で、森を探検した。町内の外れにあるそこは、街の開発が進んでも、まだ手付かずに残っていた。

勿論、すべてが野放しにされているはずもなく、街一番の面積を誇る児童公園が、森の丘の上にあった。そこへ続く道は舗装されていた。二車線で、ガードレールもあった。だが一歩、道を外れ、森の中へ迷い込むと、二度と戻ってこられなくなるかのような恐ろしさを、真美はいつも感じていた。

「ねえ、帰ろうよ」

だから麻紀が、この森を探検しようと言い出した時も、真美はすぐに反対した。

麻紀は真美を見つめ、にこりと微笑んでこう言った。

「真美は、臆病だね」

その言葉に自尊心を傷つけられたのか、それともほんの少しの冒険を望む気持ちがあったのかは分からない。結局真美は、麻紀の言葉に背中を押されるように、森の中へ、彼女と共に入っていった。

木々のざわめき。高い木々の向こうに広がる青い空。降り注ぐ太陽の光は肌を少し汗ばませた。

森は、通いなれた道からほんの数メートル奥に入っていっただけなのに、まるで、迷宮のようだった。

「あんまり奥まで行くと、帰れなくなるかもしれないよ」

と真美は言ったが、麻紀は聞く耳を持っていないようだった。

「大丈夫、道に迷うことなんてないから」

道に迷うもなにも、森の中に道などないのだ。ここの景色は、ただ永遠に続くかのように思われる木々と、茶色い土の地面。ただそれだけ。

麻紀は黙々と歩いて行く。まるで彼女にしか分からない道を辿っているかのようだった。

「どこまで行くの？」

「もうすぐだよ」

と言って、麻紀は駆け出した。

「待ってよ！」

真美は泣きながら麻紀の後を追った。こんな所に置き去りにされたら、迷子になってしまう。昨日の夜、テレビで放送していた樹海のニュースを思い出した。森で迷ったら最後、もう死ぬしかないのだ。

追いかけっこは、数分で終わった。

息を切らしながら、真美は麻紀に追いついた。

麻紀はじっと自分の立っている地面を見下ろしていた。

「麻紀？」

麻紀は真美に構う様子など見せずに、地面に跪《ひざまず》いた。

そして、右耳を地面に当てて、目を閉じた。

いったい、なにをしているのだろう。

真美はかがみ込み、麻紀の服の袖を引っ張って言った。

「麻紀、立ちなよ。服汚れちゃうよ。ねえ、麻紀――」

この程度の奇行なら慣れっこになっていたが、服が汚れることだけは嫌だった。行儀が悪いと、お母さんにしかられてしまう。

「真美もやってみなよ」

「嫌だよ。どうしてそんなこと」

麻紀はそのままの体勢でにっこりと微笑み、そして真美と視線を合わせてこう言った。

「この下にはね、私の友達がいるの」

またおかしな冗談を言っているのだ。

「そんな言葉、本気にしないよ」

真美の呆《あき》れた目つきにも取り合うそぶりを見せず、麻紀は淡々と語り始める。

「一昨日《おととい》、トモヤ君達と一緒に、上の公園に遊びに行ったでしょう？」

トモヤ君とは、当時良く一緒に遊んでいた近所の男の子の名だ。

「公園に行くために、さっきの道路を歩いていたら、森の中から声が聞こえてきたのよ」

「嘘。その時、私もトモヤ君も一緒にいたよ。それなのに私達にはそんな声は聞こえなかった」

「嘘じゃないよ。私には感じるの。だって私達は特別だもの。真美はその能力に気づいていないだけ。いずれあなたも目覚める日が、いつかきっと来る」

「そんな日なんて、来るはずないよ」

真美はずっと思っていた。明るく、活発な麻紀。きっと彼女の方が、想像力が旺盛で、いろいろなことを夢想している。それで時たま、現実と空想の区別がつかなくなってしまうのだ。今も、きっとそう。

「ねえ、真美、手伝ってくれる？」

「なにを？」

「ここの地面を掘るの」

「えー？」

また、なにを素っ頓狂なことを言い出すのだろう。

「友達がこの下に埋まっているのよ。それで苦しんでいる。私に、助けて、助けて、って訴えてる。でも私一人じゃ、とても助けられない」

「掘るって、シャベルで掘るの？」

「そうだよ」

「嫌だよ。服が汚れる。お母さんにしかられちゃうよ」

「ふんだ。いーもん。私だけでやるよ」

麻紀は、小さな手で地面を掘り返そうとした。だが固い土は、彼女の手だけではどうしようもなかった。

「止めなよう」

真美は地面を掘ってる麻紀の手をつかんだ。指先は、爪の中まで真っ黒だ。

「ね、今日はもう帰ろう」

しかし麻紀は名残惜しそうに地面を見つめている。

真美は辺りを見回した。麻紀の奇行に呆気にとられて気づかなかったが、ここは緩やかな丘の端っこに当たっていた。

ここから先は、ずっと下り坂のようだ。木々の葉の向こうに、見慣れた商店街が見えた。行き交う、米粒みたいな人たち。沢山の店の中で、一軒の赤い看板が一層鮮やかに見えた。看板に記されている店の名前までは判別できないが、あの鮮やかな赤は、いつもマンガを買っている佐々木書店の看板だ。

迷宮のように思えた森にも、果てがあった。それが見知った商店街だったこともあってか、ここに足を踏み入れる時に感じた恐怖心は、どこかに消え去っていた。ここは町内の森で、決して樹海なんかじゃないんだ。

「どうして、麻紀の友達は、地面の下にいるの？」

「あの人だって、好きであんな場所にいるわけじゃないよ」

「なんて名前？」

「知らない。そこまで聞く余裕なかった」

「その人、私にも紹介してよ」

「私には無理だよ。自分の力でやらないと」

「私にはそんな力ないよ」

「でも、いつか真美にも友達が沢山できるよ。だって真美は私のお姉さんだもの。いい？その時のために、アドバイスしてあげる。最初は、慣れないから、不安なの。心臓がドキドキして、自分の観ているものの意味が分からなくなる。でも何回も繰り返せば、いつかはコントロールできるようになるよ」

「ふうん。でも好きじゃないのにどうして地面の下になんかいるの？」

「その友達のことを邪魔に思っている悪い人に、埋められちゃったのよ。その人、一晩掛かりで、シャベルで大きな穴を掘ってね。上から土を被《かぶ》せられて、怖かっただろうなー。だって、どんどん目の前が土で埋まってゆくんだよ。悪い人は怯《おび》えた犬みたいに怖がっていた。

だって誰かに見られたら牢屋に入れられちゃうもんね。だから焦ってた。必死で穴を埋めてた。その悪い人の顔も、だんだん見えなくなっちゃった。それからずっと、あの人は真っ暗闇の中で身動き取れずに静かにしているの」

「なんか、可哀想」

まるで蟬のようだと、真美は思った。

突然、麻紀は起き上がり、周囲の足元をきょろきょろと見回し始めた。

「どうしたの？」

麻紀は小石を拾い集めていた。

手頃な石をいくつか見つけると、それをさっき耳を当てていた地面の上に散らばるように置いた。なにか意味があるのかもしれないが、真美にはでたらめな配列にしか思えなかった。

そして麻紀は、上からその小石を踏みしめ始めた。

「ねえ、なにしてるの？」

「これ？　ここに友達がいるっていう目印だよ。私にはこんなのいらないけど、真美には必要だもんねー」

小石は土の中にめり込んでいく。真美も麻紀につられて、小石を踏み始めた。

麻紀は石を踏みつけながら、地面に向かって叫ぶ。

「今は無理だけど、大人になったらまた来るからね。きっと、ここから出してあげるからね」

10

多くの店がなくなり、また新しい店が沢山できても、佐々木書店は変わらずそこにあった。あの真っ赤な看板も、店内のレイアウトも、まったく変わっていなかった。強いて変わった点をあげるとすれば、レジにいつもいる店主の佐々木氏の頭が薄くなっていたことだけだった。店の中はやけに狭く感じるが、これは自分が成長した証《あかし》だ。子供の頃はとても届かなかった棚の一番上の本も、今はなんの苦もなく手に取ることができる。

きっと、みんなで遊んだあの公園も、麻紀と二人で探検したあの森も、今の自分にはとてもとても小さく感じられるのだろう。

平積みになっている、秋花舎の文芸誌を発見した。健吾がこの雑誌を読んでいるのを見たことがある。

なにも買わずに店を出るのはなんとなく気が引けたので、真美はその雑誌を買って佐々木書店を後にした。

振り返って森の方を見つめた。十数年前、麻紀とあの会話を交わした場所を捜した。だがここからでは、そこがどこなのかとても分からない。

大学に入学してからも、しばらくはこの街に住んでいたが、成長し、生活のテリトリーが広がるにつれ、この商店街に来ることもめったになくなっていた。バスに乗って駅前に行けば、佐々木書店より大きな本屋は沢山ある。服だって、CDだって、同じこと。

生まれ育った街に数年ぶりに戻ってきた真美は、まず子供時代に自分が良く足を運んだ場所に向かうことにした。麻紀との思い出がなければ、この街に戻ってくるのはもっと先になっただろう。妹の思い出——。それはとりもなおさず、少女時代の思い出ということになる。幼い頃の二人には、世界といえばこの街がすべてだった。

さて、次にどこに行こう——？　麻紀が死んでいた河原や、一人でよく通った図書館などの選択肢が頭の中でちらついた。

店から出た真美は逡巡し、丘の上の公園という結論に達した。

選択肢の中には、最初から含まれていない場所が二つあった。

一つは佐々木書店の看板が見えた森の中、残る一つは実家だった。

あの感覚が再び訪れた。

喉《のど》がカラカラになるほどの緊張感と、高鳴る心臓の鼓動。健吾の部屋の前で襲われたあの発作が、ほんの少し小さくなったような感覚。

——分かっていた。

もう、確信していた。

麻紀があの時言っていたものが自分にも訪れたのだ。

だがそれを認めたくない自分も確かにいた。殺される！　と泣きながら暴れ回る麻紀。地面の下の友達と会話をする麻紀。そんな彼女のエキセントリックな部分が自分にもあるなんて、簡単には認めたくはなかったのだ。

でも、この現実は変わらない。

公園へと続く道を歩いている途中、ずっとその感覚は続いていた。

私はいったい、どうしてしまったのだろう？

いつから、こんな発作が続くようになった？

なにかきっかけがあったはずだ——。

だが、そんなものは考えなくたって、とっくの昔に分かっていたこと。

あの一夜を境にして、世界は一変してしまったように思える。

麻紀はあの時言っていた。自分と真美は姉妹だから、自分みたいな力を真美も持つことができる。友達を沢山作れる力が、と。力——いったいどういう意味なのだろう。なんらかの能力みたいなもののこと？

もしそうだとしたら麻紀にもその能力が目覚める、なにかのきっかけがあったはずなのだ。——分かりきっていた。階段から落ちた、あの事故に違いない。

あれこれ考えているうちに、公園についた。

だだっ広い公園だったが、やはり子供の時よりも大分狭く感じられた。麻紀と二人で遊びにきた時は、公園を隅から隅まで走り回るだけで一日が終わってしまった。

懐かしい場所だった。あの時と変わっている様子はない。地面は幾何学模様が刻まれたタイルで埋めつくされていて、あちこちにオブジェのようなベンチが置かれている。公園の中心には空飛ぶ円盤に一本足が生えたような展望台が立っている。足の中に螺旋《らせん》階段があり、そこから上に登るのだ。高さはそれほどでもないが、丘の上にある公園だから登ると街が見下ろせた。公園の隅にはブランコやシーソーなどの遊具が置かれたスペースもある。

子供達が車のおもちゃを持って走り回っている。とても楽しそうに遊んでいる。そして真美の前を通り過ぎる。真美は思わず目を背け、子供達が視界に入らないようにする。

自販機でジュースを買って、ベンチに腰掛けた。

背もたれにもたれかかり、甘い炭酸を口に含むと、胸の鼓動も少しは落ち着いた。喉の渇きを潤したからだろうか、それとも可愛らしい子供達を目にしたから？

――多分違う。

あの場所から、距離的に離れたからだ。

佐々木書店の赤い看板が見える丘、麻紀が跪いていた地面――。

あの場所には、きっとなにかがあるのだ。十五年以上経っても変わらずそこにある。

健吾の部屋と共通するなにかが――。

その時、携帯電話が鳴った。

黒木妙子からだった。いったいどうしたのだろうと、訝しみながら電話に出た。

『もしもし。櫻井さん？』

「はい。その節は、どうも」

『いいえ、こちらこそ。――具合の方、いかがですか？』

「ええ――あれからだいぶ良くなりました。きっと貧血かなにかだったんです。ご心配をおかけしました」

適当な嘘をついてお茶を濁した。

『そうですか、お身体大事になさってくださいね。ところで石井さんのことなんですけど』

「はい――」

黒木は一拍置いて、言った。とても意味深な素振りだった。

『私、杉山の部屋に行きました。期待はしていなかったんですよ。石井さんの失踪についてなにか知っているんじゃないかと思って今まで何度も訪ねたんですけど、ずっと留守だったので、きっと今日も会えないだろうって思いました。でも——』

「——はい」

『彼は部屋に帰って来たんです』

なぜそんなことを話すのだろう、と思った。健吾が見つかったのならともかく、杉山というのは昔の黒木の恋人で、今はストーカー紛《まが》いに成り果てている男のことではないか。ひょっとして、彼が健吾の居場所を知っていたとでも？　だからこうやって慌てて電話してきたのだろうか。

微かな期待が、胸に滲《にじ》む。

『杉山、なにかに怯えているみたいでした』

「——どういうことです？」

『私、用心していたんです。彼の部屋に入るつもりはありませんでしたし、誘われてもきっぱり断ろうと。ただ玄関先で話を済ませて、彼に暴力をふるわれたり部屋に引きずり込まれそうになったら、すかさずポケットの中にしまってある防犯ブザーを鳴らそうって。でも、そんな心配は無用でした。彼はドアを開けました。でも、ドアチェーンがかかったままだったんです』

「それで――？」

『ドアの隙間から、私は一言だけたずねました。石井さんの居場所を知らないかって。私、結構しつこく食い下がったんですよ。それでも杉山は、知らない、の一点張りで』

「その杉山さんって人、私は会ったことがないから、どんな人か分かりませんけど。でも、その杉山さんが知らないって言っているのなら、きっとそうなんじゃありませんか？」

しかし黒木は、いいえ、と短く言い捨てた。

杉山の言うことなど、端《はな》から信じていない口ぶりだった。きっと、杉山が健吾の失踪になにか関係あると決めてかかっているのだ。

『私には分かります。杉山は嘘を言っているんです。きっと彼は石井さんのことについてなにかを知っているんです』

「どうして、嘘をついていると？」

『私、彼と結構長い間付き合っていたんです。仕草とか、表情とかでピンときます。ああ、彼は嘘をついているなって』

「ドアチェーンがかかっているのに？」

『そのこと自体が怪しいんですよ。だって私にしつこくつきまとっていた男ですよ？　そんな男が、どうして私に怯えるみたいにドアにチェーンを？』

「でも、どうして嘘なんか──」

真美はそう呟くように言った。

頭の中には、嫌なイメージがぼんやりと浮かんでくる。

あの閉ざされたドアの向こう側には、杉山に殺された健吾の死体が横たわっている──。

普段だったら、そんなことをふと思ったとしても、なにを馬鹿なことを、と理性で一蹴できただろう。

でも、今はいつもの心理状態ではなかった。先日、黒木と共に健吾の部屋を訪れた時に襲われた、あの感覚を一瞬でも思い出してしまえば、もう駄目だ。不安はただ果てしなく、底なしの沼に沈んでいくかのように気分が重くなる。

『だから、ひょっとして杉山が石井さんになにか危害を加えたかもしれないって、そんなことを思ったんです。それも、取り返しのつかないほど酷い暴力を──』

嫌だ。

黒木の話に相槌を打ちながらも、そう否定する自分がいた。

信じたくはない。

健吾が死んだという想像も、そして自分が今陥っているこの感覚も。

確かめる方法は、あった。

それで自分の想像が間違っていることが確認できれば、御《おん》の字なのだ。

――そう。

そうすれば。

恋が再び実ることがなくても、きっと、健吾ともまた会える。


ここに来たのは――何年ぶりだろう。

胸に去来するのは涙が出そうな懐かしさと、ほんの少しの恐怖。

果たして今更自分がここを訪れた所で、受け入れてくれるのだろうか？

さっきいた公園が頂上にある丘の麓《ふもと》には、住宅街が広がっている。二車線の広い道路をはさんで白い瀟洒《しょうしゃ》な家々が立ち並んでいる。

その中でももっとも多くの坪数を誇る家――。邸宅と言ってもいいだろう。

櫻井家――。実家だった。

自分は親が決めた婚約者を捨てて逃げたのだ。勘当同然の扱いになっているに決まっている。今更、どの面《つら》を下げて両親に会えばいい？

インターホンを押すには勇気が必要だった。本来、ここに来るという選択肢はなかったはずなのだ。このまま逃げ帰ってもいい。だがここまで来て、あの感覚の正体を確かめずには帰れない。

頭の中でシミュレーションをした。未だ辞めていなければ、家政婦の中川が出るはずだ。そして、彼女は事務的な声で、こう言うのだ。お取次ぎすることはできません。真美さんが現れたら帰ってもらうように命じられておりますから。悪く思わないでください。奥様に逆らうことはできません――。

――どうしたらいいの？

泣き出しそうな気持ちに襲われる。この街は自分にとって過去のものだった。過去を思い出して哀愁に浸ることができても、もうここには居場所はない。まるで気分は、宇宙の彼方に取り残された異邦人だった。

すべての景色に見覚えがあるのに、すべては変わってしまっている。

ふと、ある考えが浮かんだ。

真美は、いったん櫻井家の門を離れ、家に対面する向こうの歩道に渡る。車の行き来はあまり激しくない。

車道を渡りきると、真美は櫻井家の二階の窓を見上げた。

そこが自分の部屋だった。

夕日がガラスに反射して、窓の中は良く見えない。

しかし、確認する必要がどうしてもあった。

目を細めて、見つめる。

その窓にはレモンイエローのカーテンがかかっていた。

真美はその意味をしばらく考え、そして再び車道を渡って門の前に戻った。

あのカーテンは、真美が自分で選んで買ったものだった。

カーテンが替えられていないのなら、きっと室内もそのままだろう。娘の部屋を整理していないのは、親の側にまだ未練が残っているなによりの証拠だ——。

そんな微かな期待感が胸に灯る。

ゆっくりとインターホンを押した。応答が返ってくるまでのわずかな時間、真美は自分の心臓の鼓動の回数を数えていた。

一回、二回、三回、四回——。

『はい？』

小さく息をついた。それは聞きなれた中川の声だった。すべてが変わってしまったように感じたのは、単なる自分の思い過ごしだったのかもしれない。

真美は、落ち着いて、と心に念じて言った。

「私です、真美です」

インターホン越しに中川は、はっ、と息を呑んだ。

門がゆっくりと開いてゆく。自分を迎え入れてくれることが分かって真美は少し安堵する。

『少々お待ちくださいね、真美さん！』

と中川は叫び通話を切った。家政婦にあるまじき乱暴な態度だ。両親にこのことを告げたら、きっと減点対象だろう。真美は一人苦笑した。大丈夫、こんなことを考えるだけの心の余裕はまだ残っているようだ。

開ききるのを待たずに門をくぐった。門から玄関まで、石畳の上を歩く。さっきまで、もう長い間この家を離れていたと思っていたが、よく考えればたった数年だ。向こうに見える池の中では、あの時と同じように錦鯉《にしきごい》が泳いでいるのだろう。そう、何も変わっていない。変わったものがあるとすれば、それはきっと自分自身だ。

玄関が開き、エプロン姿の中川が姿を現した。彼女も、カーテンや庭の様子と同じように、まるで変わっていなかった。丁寧な口調も、中肉中背の体型も、少し癖毛のショートヘアも変わらなかった。

彼女は真美が幼い頃からこの家で働いてくれている。麻紀が生きていた頃からだ。長い付き合いだ。あれから数年しか経っていないのだから、彼女が辞めていなくてもなんの不思議もない。

おかえりなさいませ、そう真美に告げる中川の目には涙が浮かんでいる。

「ただいま」

真美も精一杯の笑顔で答える。

「アポとってないけど、入れてもらえますか？」

「――そんなご冗談言わないでください」

こらえきれなくなったのか、中川はこぼれ落ちる涙をハンカチで拭い始めた。オーバーな態度に思えたが、それを言ったらさっきまでの自分もそうなのだ。家に入ろうとしてもなかなか入れずに逡巡している自分。中川のこの様子だと、きっと両親も無下に娘を追い返したりはしないだろう。

「私の言った通りになりました。私、いつか真美さんは帰って来るって、毎日のように奥様に言っていたんですよ。奥様、最近めっきり元気がなくなって。きっと真美さんのことが応えてるんだと思うんです。さあ、早く励ましてあげてください」

「私――許してもらえるかな？」

「なに言ってるんですか？　あなたはこの家の娘なんですよ？　さあさあ、早く早く」

突然の真美の訪問に取り乱した様子の中川は真美の手を半ば強引に引き、玄関の中に誘い入れる。そして、奥様真美さん帰って来ましたー！　と大きな声で叫んだ。少し気恥ずかしくなった。

「お母さん――いるの？」

その問いに、ええいますとも、と中川は答える。

しかし、なかなか母は現れなかった。

待ちきれず、真美はまず先に、自分の部屋の様子を見に行くことにした。

家の中は、なにも、変わってはいなかった。

壁にかけられたゴーギャンの大層な絵も、履いているスリッパがたてる足音も、空気も、匂いも、すべてあの時の面影を残している。

勿論、真美の部屋も。

変わっていなかったのはカーテンばかりではなかった。本棚には、高校時代読んでいた小説や参考書が残らずあったし、すべてのものを持って出て行くわけにはいかなかったから、泣く泣く置いてきたクローゼットの中の服も、そのままだった。

カーペットも、壁に貼られた映画のポスターも、当時のままだった。

「帰って来たよ――麻紀」

そっと、そう呟いてみる。

思わず、涙が出そうになった。

数年ぶりに実家に帰ってみたら、自分が家を出た当時とほとんど部屋の様子が変わっていなかっただけのことなのに、何故こんなにも感傷的になってしまうのだろう。

さっきまでは、こんな家には帰って来たくはないと思っていたはずなのに。できることならここには来たくないと思っていたのに。

それなのに――。

まだ自分がこの家の娘であるという事実を確認できたことが、嬉しいのだろうか？

部屋にはチリ一つ落ちていない。それは毎日誰かが丁寧にこの部屋を掃除していることを意味している。中川だったら、ひょっとしたら両親に命じられなくとも、自分からこの部屋を掃除しておいてくれることはありうるかもしれない。だがそれを両親が見て見ぬふりをしていたということは、結局彼女に部屋の掃除を命じていたのと同じことだ。

――その時。

背後から物音がした。足音と、そして、

嫌な気配を感じた。

――まただ。

先日、健吾の部屋の前で感じたもの。さっき公園に行く途中の坂道で感じたもの。三度目のそれが、真美の身体をさいなんでいた。動悸、それに伴う緊張感。眩暈を起こして倒れ込むようなことがなかったのは、この感覚にだんだんと慣れてきたせいだろうか。

真美はゆっくりと、振り返った。

――その一瞬、なにかが見えた。セピア色の、過去の風景。知っている場所。知っている人物。麻紀と、彼女が死んでいた河原。しかしそれがなにを意味しているのか、その瞬間に理解することはとてもできなかった。

そこには、母がいた。

母は中川や部屋の様子とは違って、ほんの少し――変わっているように思えた。有体《ありてい》に言えば、老け込んでいたのだ。ほんの少しだけ。

なにを言おうか考えた。私のことを許してくれる？　そんな言葉が喉元まで出かかった。しかし、口が動かなかった。ただ、母の瞳を見つめることしかできなかった。

母の表情は、怒るでもなく、哀れむでもなく、ただ静かだった。

その自分の態度が、果たして、久しぶりに実家に帰って来た家出娘に対面している母の様子をうかがっているものなのか、それとも一連のこの異様な緊張感を母から感じているという事実に不安を隠し切れないからなのか、自分のことなのに、分からなかった。

「おかえりなさい」

真美の様子を見かねたのか、母の方から声をかけてきた。

「――ただいま」

真美も呟くように返事をした。

「ごめんね――。わがまま言って心配かけて――」

母はその真美の言葉に、静かに首を横に振った。

親に対する不平不満は昔からあった。言いたいことも沢山ある。しかし、こうして久しぶりに母に対面すると、そんなものはほんの些細なことのように思えてしまう。

「この家に戻る気になった？」

「ううん――。近くまで来たから、ちょっと顔を出しただけ――」

「あなたがいなくなって、寂しくなったわ――」

そう呟いて、母は振り返った。そこにはいつの間にか中川がいた。

「中川さん。今日のお料理は娘のぶんもお願いしますね」

はい、かしこまりました、と中川は頷きこちらに背中を向けた。きっと今夜は、彼女はいつもよりも料理の腕を振るうのだろう。

「――お父さんは？　いるの？」

母は静かに首を振る。

「いないわ。中国に商談に行ってる。帰って来るのは来週」

「――そう」

父がいないことに少し安堵する。母は許してくれていたとしても、父が怒っていないとも限らない。

勿論、自分は昔とは違う。親の言うままに従う人形では、もうない。理不尽なことをされれば抵抗するし、喧嘩だって厭《いと》わない。

しかし、誰もそんなことを最初っから望んでいるわけではないのだ。軋轢《あつれき》は、できるだけ少ない方がいい。

「今日は、どうするの？　食事、していくんでしょう？」

と母がたずねてきた。

少し、躊躇《ちゅうちょ》して、真美はこう答えた。

「今晩、泊めてもらっていいですか。明日の朝には帰りますから」

動悸は静まっていたが、完全に普通の状態に戻るとまではいかなかった。健吾の部屋の前で感じたような緊張感が、今もずっと続いていた。

なにが真美にそうさせているのか、うっすらと分かってきた。

この家でもない、勿論中川でもない。

それは母の存在だった。

ここ何年か質素な食事が続いていた真美の前に、豪華な料理が並んだ。赤ワインソースの鴨のロースト、にしんのマリネ、ネギのフォンデュ——勿論家庭料理の範疇《はんちゅう》だったが、レストランに出せば十分お金を取れるだろう。中川は、気さくで話しやすい婦人だが、料理に関してはプロフェッショナルだった。

——懐かしかった。

スープを一口含むだけで分かる、慣れ親しんだこの家の味だった。

広い食卓で、母と二人だけ。

「——私が家を出て、寂しかった？」

その問いに、母はくすくすとおかしそうに笑う。

「当然でしょう？　お父さんもいないことが多いから、そんな時はいつも中川さんも呼んで一緒に食事してるの。遠慮する必要ないって説き伏せてね。今じゃ、あの人が私の一番の友達。家事なら私だって大抵のことはこなせるけど、あの人がいなくなったら私は本当に独りぼっちになってしまうから」

「中川さん、ここに呼ぶ？」

「いえ、今日はいいわよ。だって久しぶりの親子水入らずだもの」

「――そうだね」

そして、しばらく沈黙が続き、食卓には食器とナイフが触れ合うほんの微かな音だけが響いていた。

気まずくないと言ったら、嘘になる。

唐突に、母が言った。

「子供は、どうしたの？」

ナイフを持つ手が凍りついた。記憶が一瞬にして過去に飛ばされた。ひょっとしたら、孫の顔を見られるかと期待していたのかもしれない。

あれ以来、両親には会っていなかった。

少し逡巡した後、真美は言った。

「無理をしたせいで、流れてしまったわ。石井さんとも別れた」

母の手もしばらく止まった。

「――そう」

　と一言呟いた。

「嬉しい？」

「そんなこと――言うもんじゃないわ」

　皮肉な思いに襲われた。あんなに子供を産むことに反対した母。望んだ通りになったのだから、喜べばいいのに。そうしてもらった方が、こちらとしても、所詮両親はそんな人なんだ、と割り切れる。

　それなのに――。

「それで、今はどうしてるの？」

「新しく部屋を借りて、一人暮らししている」

「ここに戻って来ることは、ないの？」

　真美は唇をかみ締め、うつむいた。自然と、涙が滲んでくる。

「分からない。でも、お母さん。まだ将来に不安はあるし、生活は安定してないけど、しばらく一人で暮らしてみたいの。それで自分の気持ちに決着がついたら――きっと戻ってくるから」

　母もうつむき、目頭を拭っていた。

「――それ聞いて安心した。あなたに無理やり、あの人と結婚しろなんて迫って、悪かったと思ってる。もうそんなことどうでもいいの。あなたはあなたの人生をちゃんと生きていってくれれば、それでいいから」

「――はい」

数年前より、母は優しい印象だった。

でも、母にまとわりつくピンと張り詰めた異質な空気だけは、変わらなかった。

真美は少しずつだが、今の自分について理解できるようになっていた。ある特定の場所に近づくと、こんな感情に襲われるのだ。健吾の部屋、あの森、そして母。この三つにはなんらかの共通点がある。今までもきっと知らないうちにその条件を満たす場所に近づいてしまっていたのだろう。だからあんな眩暈にも似た感覚に襲われた――。

でも自分という人間が、異常であることは変わらなかった。

いったい、私の身体はなにを感じ取っているというの？

動悸は以前よりもだいぶ落ち着いてきた。突然激しい動悸に襲われると、真美はずっと思っていたが、そうではなかった。もっと別のものだ。それがなんなのかは分からないが、今まではそれにまだ身体が慣れていなかったのだ。

『最初は、慣れないから、不安なの。心臓がドキドキして、自分の観ているものの意味が分からなくなる。でも何回も繰り返せば、いつかはコントロールできるようになるよ』

麻紀の言葉を思い出す。この感覚——健吾の部屋、あの森の中、そして母。この三つの共通点とはいったいなんだろうか。

最後に、一つだけ、聞いておきたいことがあった。

「お母さん——」

「なに？」

「お父さん、私のことを許してくれた？」

母は静かに頷いた。

「もう、怒ってなんかないわ」

11

食事が終わり、真美は部屋に引き返した。

壁の時計に目をやる。

——夜の八時過ぎ。

自分がこれからなにをやろうとしているのか、もう一度頭の中で振り返る。何度も何度も、その行為をシミュレーションする。

なるべく人に目撃されないに越したことはない。いや、決して見られてはならない。そうなった場合、いったいどう説明すればいい？　自分でも理解し難いのに他人に説明して分かってもらえるとはとても思えない。

だがきっと大丈夫——そう自分に言い聞かせる。

ことを起こすのは近隣の住民が寝静まった深夜が好ましいが、昼間だって訪れる者が少ない森だ。夜は人気《ひとけ》などまるでないだろう。そう楽観的に考えることにした。

化粧台の前に座り、自分の姿を鏡に映した。

心の中の友達——未だ存在し続けている麻紀。中学、高校、真美はこの鏡を見つめ、妹の麻紀の存在を忘れないように、心に刻み付けていた。

——麻紀。あなたはどう思う？

——これから私がしようとしていることは、正しいこと？

真美は目をつぶる。振り向けば後ろに麻紀がいる。そう信じることにする。麻紀の声が聞こえる。そう思い込むことにする。振り返ってはいけない。振り返ったら、麻紀の姿はたちどころに消えてしまう。
——麻紀。
彼女の声が、

大丈夫。
あの時私達は、友達がいる地面の上に、ちゃんと印をつけておいたでしょう？
すぐに真美も友達のいる場所に辿り着ける。
大人になったら出してあげるって、あの時、私約束したでしょう？
約束は、破れない。
真美、お願い。
私の代わりに、あの場所に行って。

聞こえたような気がした。
部屋に服があらかた残っていたのがありがたかった。真美は動きやすい服装に着替えた。ジーンズに、Tシャツ。最初半袖のシャツを着たが、鏡の前に立って思い直した。行動を起こす前に、鍵を借りるために母に会わなければいけないのだ。余計な詮索はできるだけされたくない。

着ているシャツを脱ぎ、長袖のTシャツに着替えた。しばらく鏡の前で悩んだ末、その上に今脱いだ半袖のシャツを再び着た。

この分だときっと玄関の靴箱には、学生時代運動する時に使っていたスニーカーも捨てられずに残っているだろう。

食卓では、母がワイドテレビで料理番組を観ていた。真美がやって来たことに気づくと、テレビを消して立ち上がった。

「お茶でも淹れる？」

その母の言葉に、真美は静かに首を横に振る。

「ねえ、お母さん、お願いがあるの」

「なに？」

「車、貸して」

「――それは、いいけど。今？」

「うん」

母が不審な顔をする。

「こんな夜に、どこに行くの？」

「夜って言っても、まだ八時だよ。大丈夫、ちょっと昔の友達に会いに行くだけ。どんなに遅くなっても十二時前には帰って来る」

「でも気をつけてね。夜ふけにあなたみたいな若い女性が一人で出かけるなんて、あんまりいいことじゃないから」

「分かってる」

母は寝室に向かい、しばらくして車のキーを持って戻ってきた。旅行や買い物など、主にプライベートの時に使っている国産の軽《けい》のものだ。

「ありがとう」

真美は礼を言って、玄関に向かった。

背中に母の視線が貼りついているように感じた。自分がこれからしようとしていることに母は気づいたのだろうか。そんな疑問が、ふと頭をよぎる。

スニーカーを履き、庭に出た。一歩一歩歩き出す。母から遠ざかると、異様な緊張感もだんだんと薄れていく。身体が徐々にリラックスしてゆく。

だが、またすぐにあの感覚に襲われるであろうことは分かっていた。

家を出る前に、庭の片隅にある物置に向かった。

物音をたてぬよう、そっと物置の扉を開ける。辺りは暗いし、おまけに中には多種多様なものが溢れているので、詮索は少し手間取った。

物置の中は綺麗に整理整頓してあったが、目的の品物を探し出した時には、少し内部の配置が乱れてしまっていた。暗闇の中、元の位置に戻すことは不可能に近かった。このままでは、誰かがこの物置の中をあさっていたことはすぐに分かってしまう。

真美は不安な考えを振り払った。今からそんなことを心配していても始まらない。物置の中の物をいじったことがばれてしまったとしても、これから自分がしようとすることに勘付く者など、誰もいないだろう。

真美は物置から見つけ出したシャベルを持ってガレージに向かった。

シャベルは重かった。柄を含めて、真美の身長の半分以上の大きさだ。人力で穴を掘るには威力を発揮しそうだが、体力のない自分には使いこなすのが難しそうだ。

なんとかなるだろう、そう思うことにした。

こんな重いシャベルを持って、歩いてあの森に向かうなんて重労働だ。森についてから本当の作業が始まるのだから、それまでは体力を温存しておきたかった。それにこんなものを持って歩いている姿を誰かに見られたら、不審者扱いされるのは間違いなかった。

車のトランクを開け、中にシャベルを入れた。後部座席に載せるという手もあるが、それだと帰る時には座席が著しく汚れてしまうに違いない。

運転席に乗り込み、キーを差し込みエンジンをかけた。運転は久しぶりだった。

森にはすぐに到着した。

夜空に浮かぶ、わずかに欠けた月だけが真美を迎えてくれた。

歩道脇に車を停めた。ここに停めるのは違法駐車だが、たとえ深夜パトロール中の警官に見つかったとしても、人通りがまるでないこんな夜に、わざわざレッカー車を呼ぶとは考え難かった。

——予想通り。

静まっていたあの感覚は、再び真美の中にたぎっていた。

動悸に慣れ始めた今は、神経が研ぎ澄まされて、まるで全身の感覚が鋭敏になっているかのようだった。

皮膚に触れている衣服のみならず、空気そのものさえ身体にまとわりつくような感覚がする。やったことはないが、ドラッグの類でハイになる時には、こんな気分に襲われるのかもしれない、と真美は思った。急に帰りの車の運転が恐ろしくなる。いろいろと考えて行動に移したが、事故でも起こしてしまったら元も子もないのだ。

そして頭の奥で微かにこだまする誰かの声。もう少しだけ耳を澄ませば、聞こえるような気がする。映像として、目に浮かぶような気がする。

私——いったいどうしてしまったのだろう。

もしかして神様が降臨したのかもしれない。もし本当にそうだったら、新興宗教を立ち上げなきゃ。信者からお布施を取れば郵便局のバイトよりはいいお金になるはずだ——。

自嘲《じちょう》気味にそんなことを考えながら、車を降りた。トランクを開け、シャベルを取り出す。不安に襲われた。

麻紀とこの場所を訪れたのは、もう十五年以上前で、しかも一度きりだ。場所なんてとても覚えていない——。

だが、心配はない。

この感覚が行き先を教えてくれる。

まるで方位磁石のように正確に、真美に場所を指し示してくれる。感覚が強くなる方に、頭の奥に響く言葉が聞き取りやすい方に歩を進めればいいのだ。決して迷うことはない。

迷うことがあるとするならば、それは道ではなく、真美の心情の方だった。

——まるで自分は。

怪物だ。

そうでなかったら、ある種の妄想に取り憑かれた女。後にこの一夜のことを友人達に打ち明けたら、みな口を揃えて、〝医者にカウンセリングを受けに行け〟と言うだろう。

そう――。

これは私の妄想、そうでなかったら単なる思い込み。なにかの偶然で、頭の中に変な化学物質が分泌されて、ちょっと気分が高揚しているだけなのだ。だから、あの地面の下には〝友達〟なんていないのだ――。

もしそうだとしたら、どんなにいいことだろう。

確かめるのが怖かった。もしかして、自分が予想した通りのものが掘り出されてしまうかもしれない。そんなことになったら、ますます自分は混乱して、気持ちの整理がつかなくなるだろう。

森は暗かった。

こんな自然が奇跡的に残っているといっても、ここは関東の、都心に近い街だ。月が出ているが、空気は汚れていて、星々が森を明るく照らすことは期待できない。だが、真美は迷うことはなかった。あの場所に行くためにはどういうルートを辿ればいいのか、手に取るように分かるからだ。

不思議の世界に迷い込む、童話のヒロインになった気分だった。

暗闇に視界は奪われ、周囲は様子がどうなっているのか、ほとんど見ることができない。

でも石につまずいたり、木にぶつかるようなことはない。なにかが自分を呼び寄せてゆく。そしてそのたび、緊張と感覚の鋭さが一層激しくなっていく。

やがて、その場所に辿り着いた。

右手でシャベルの柄を握り締める。冷たい金属の感触。それはまるで自分の身体の一部となっているかのようだった。しっかりとつかんで、決して離すことはない。

（ああ、自分は今これを持っている）

顔を上げる。木々の茂みの遥か彼方に、街路灯に照らされた、佐々木書店の赤い看板が見えた。あの時と同じように。

（ああ、自分は今あれを見ている）

足元を見下ろす。暗くて、地面の表面がどうなっているのかは分からない。しかし、二人が力を込めて踏みしめ、地面に埋め込んだあの石ころ達を、真美は確かに感じていた。

（ああ、自分は今あの場所にいる）

暗闇の中、研ぎ澄まされた感覚の中で、過去の風景がリアルに脳裏によみがえる。

ああ——。

目を閉じた。乱れそうになる吐息を、必死になって抑えた。

——地面の中から、友達の声がした。

苦しい。

寂しい。

冷たい。

誰か。

　ここに来て。


か細い声で、脳裏に響き渡る。

ゆっくりと、地面に膝をついた。それから身体を前のめりにし、両方の掌を地面につけた。土が直接、掌に触れる。

もう、それだけで。

友達の言葉の意味が分かる。あの時、麻紀が感じていたものが分かる。

そう、すべてが——。

ゆっくりと、大地に口づけをするように、真美は地面に顔を近づけた。そして顔を横に向け、目を閉じ、耳を澄ました。そのままゆっくりと耳を地面に近づけていく。そう、あの時、麻紀がしたように。

(嫌だ!)
叫びは、聞き入れられない。
僕の部屋だ。
弟がいる。
僕に襲いかかってくる。
僕は必死で訴えた。
(お願いだ——助けてくれ。僕達は兄弟じゃないか——)
弟は、その僕の言葉に耳を貸そうとはしない。
暗闇の中。
弟の光る目や息遣い。
きっと鬼のような形相をしているのだろう。
僕は必死で逃げようとする。
だけど、壁際に追い詰められた。
弟はゆっくりと僕の首に手を回す。
「可愛い義妹や、甥ッ子を助けると思って、兄さん、死んでくれよ」

そう言って弟は、僕の首に回した手に力を込めた。

苦しい。

息ができない。

殺される。

僕は弟の指を引きはがそうとした。

だけど、どうにもならない。

僕は必死に弟を思いとどまらせようとする。

（僕を殺して、どうするんだ——。すぐにお前に疑いがかかるぞ——）

弟は、まるで自分に言い聞かすかのように叫んだ。

「疑いなんかかかるもんか。あんたは一人暮らしで、家族もいない。まともな職にも就いていない。時々誰にも知らせずにインドやらチベットやらにふらりと出かけちまう。それで何ヶ月も連絡をよこさない。つまりあんたがいなくなったって心配する者や不審に思う者なんて誰もいないってことだよ！」

意識が朦朧とする。

弟は僕より身体が大きかった。

もう抵抗しても、無駄だった。

かなうわけがない——。
「ごめんよ、兄さん」
首を絞められたまま、床に叩きつけられた。
そして、頭を重いなにかで殴られた。
意識が途切れる。
何も聞こえなくなる。
何も感じなくなる。
目の前が本当の暗闇に閉ざされる。
底なしの恐怖に落ちてゆく。
我に返った時、僕は、死んでいた。

真美は、はじかれたように地面から飛び上がった。そしてそのまま倒れ込み、土の上をのたうち回った。
叫ぼうとしたが喉を絞められているので声も出ない。亡霊の記憶が真美の首を絞めていた。朦朧とする意識の中、ああ自分も麻紀と同じだと思った。麻紀の発作の正体は、これだったんだ。やっと気づくことができた。

這いずるようにその場所を離れると、やがて死の苦痛はゆっくりと鎮まっていった。

恐怖以外の何物でもなかった。真美は自分が生きていることを確認した。あのまま本当に死んでいても決して不思議ではなかった。荒い息を吐き、掌で顔中を汚している涙と涎《よだれ》を拭った。

あまりの衝撃に叫び声を上げてしまわなかったかと、先程までの自分を振り返った。叫んだ記憶はない。そこまで我を失ってはいないという自信はある。だが、用心に越したことはない。道路からだいぶ森の中に入ったから、この場所の近くに民家がないのが幸いだった。今はただ自分に気づいて誰かがやって来ないことを祈るしかない。

真美は力を振りしぼって立ち上がった。

両手でシャベルの柄を握り締めた。

「今、出してあげるからね」

自分に言い聞かすかのように、呟いた。

地面にシャベルを突き刺す。土は思った以上に硬く、シャベルの進入に抵抗する。足をシャベルの刃にかけ全体重を込めて押し込む。てこの要領で柄を押す。わずかな土が地面から抉《えぐ》られる。

無我夢中で真美はその動作を繰り返す。

僕は穴の中に横たわっている。

――この下だ。

この下に、彼は眠っている。

上から弟がどんどん土を被せてゆく。

掘る前に、何度か刃を地面に突き刺し、土をほぐし軟らかくした方が効率が良いことに気づく。

僕の視界は、どんどん、土でふさがれてゆく。

掘り出した土の山は、わずかだが、少しずつ大きくなっていく。しかし土の中に埋まっている石などが邪魔して、なかなか思うように掘り進めることができない。

弟が土の山にシャベルを突き刺す。
抉り出し、隣の土の山に加えてゆく。
土の山から崩された土が、僕の身体に降り注ぐ。
穴は、膝までの深さになった。
弟は穴の上から僕を見下ろしている。
真美は穴をどんどん大きく、深くしてゆく。
僕は穴の中にいる。
穴が深くなるのに比例して、土の山も大きく、高くなってゆく。

僕の身体が土で埋まり穴がふさがれていくにつれ、土の山もどんどん小さくなる。

掘り始めてから、いったい、何時間経っただろうか？

十二時前には家に帰ると母に言ったが、その約束を破ることになるかもしれない、と考える。無我夢中に、なにかに取り憑かれたように穴を掘っている中にあっても、そんな理性的な部分までは失っていない自分がいた。

もう穴は、真美の背丈ほどにまで達していた。土の中からは、石や、植物の根が出てきて、彼女の作業の邪魔をする。

　もう見えない。

もう少しだ。

すっかり土にうずもれた。

あと数センチ。

真の意味での暗闇だ。

もう手が届く。

光も差さない。

光が、

光。

予感がし、真美はシャベルを地面に突き刺す力を緩めた。その瞬間、シャベルの刃がなにかに当たって、こつん、と音をたてた。

闇の中、目を凝《こ》らす。足元に、なにか、薄茶色のものが見える気がする。周囲の土とは明らかに色や形が違う、別の物体――。

真美は、ゆっくりと跪いた。

手で、その周囲の土をどける。だがなかなか上手くいかない。彼は、まるで化石のように土と一体化してしまっているように思えた。

この大きなシャベルだけではなく、小さな園芸用のスコップも持ってくれば良かったと思ったが、ここまで来て家に取りに戻ることはできなかった。

穴から出て、土の山を崩し、石ころを探した。丸いのは撥《は》ね除《の》けて、三角形の、なるべく先が尖った石を探した。二個、見つかった。

再び穴の中に潜り、傷つけないように丁寧に、彼の周囲の土をシャベルで掘る。だんだんと、その形が見えてくる。

あらかた掘り終わったら、シャベルを穴から上げ、今度は尖った石で土を削り始めた。爪が割れることも厭わずに、指も使って掘った。掘りながら真美は彼の身体をつかみ、渾身《こんしん》の力を込めて、上に持ち上げた。みしみし、と彼と土の間が音をたてる。

もう少しだ、もう少し。

誰か、私に力を。

健吾。

その瞬間、真美は勢い余って、後頭部を土の壁に激しく激突させてしまう。目の前に星が散る。そしてその手につかんでいるものの感触をしっかりと確かめる。

恐る恐る目を開けた。

そこに、彼がいた。

真っ黒な眼窩《がんか》。

人間の頭蓋骨――。

真美は一心不乱に頭蓋骨の周りにまとわりつく土を取り除く。軽かった。顎の部分はない。きっと無理に引っ張ったせいで外れてしまったのだろう。もしかしたら、損傷が進んで自分が来た時はすでにこうだったのかもしれない。

自然に、涙が溢れた。

頭蓋骨を、真美はそっと抱きしめた。

足元を見る。ぼろ切れのようになった服をまとった身体の一部が土の表面にその姿を覗かせている。

何年も――こんな所に。

ずっと一人で。

意識を集中させ、耳を澄ました。もう絶望は聞こえてこない。ありがとう、そう頭蓋骨が呟いているように感じられる。

哀れみと、求めていたものを見つけ出したという想いで、真美の身体は震えていた。それはとりもなおさず、自分や麻紀の能力の意味を知ったということに他ならなかったが、今の自分にはそんなものはどうでもいいことだった。

この哀れな死者の存在に比べれば――。自分が化け物になったって構わない。

空を見上げた。月が、そこにあった。ずっと地面に埋もれていた生命の残存が、今、解放されたのだ。それは立ち上り、月まで届く。きっと星になる。

12

しばらく真美は、自ら掘った穴の中で、白骨化した遺体と共に、身体を丸め、うずくまっていた。まるで子宮の中の羊水に浮かんで眠る胎児のように。

研ぎ澄まされた意識、感覚、なにかに取り憑かれたかのような思考。それらはすべて、少しずつ正常の状態に戻っていく。波は引いていった。勿論、緊張も、激しい動悸もない。今はただ安らかな気持ちだ。こうすれば、あの嫌な感覚を消し去ることができるのだ。こうやって、長い間閉じ込められていた牢獄から死者を助け出してあげれば。

今なら確信できる。ずっと助けを求めていたのだ、あれは死者のＳＯＳだったんだ――真美はなんの疑いもなくそう思った。

小脇にしっかりと頭蓋骨を抱えながら、疲労困憊《こんぱい》の身体に鞭打って、穴から這いずり出た。まるで墓場から蘇るゾンビになった気分だった。

自分の身体を見下ろした。酷い有様だった。

頭の先からつま先まで、全身が泥だらけだった。爪も割れていた。全身が痛い、喉も酷く渇いている。

腕時計に目をやった。後、数分で十二時を回る。

真美は、頭蓋骨を見つめた。

いったい、これをどうしたらいい？

いったん自宅に持ち帰って今後のことを考えるのには、抵抗がある。もし母にでも見つかったら説明のしようがない。

第一、この頭蓋骨だけ隠しても意味はないのだ。死体の大半はまだあの穴の中に残っている。すべてを掘り出すには、もう一仕事しなければならないが、そんな気力はとうにない。

それとも警察に行く？　いや、それは論外だ。警察に自分をさらすつもりは、初めっからなかった。いったい、どう説明すればいい？　自分はどうやって何年も前に埋められた死体を見つけ出すことができた？　偶然という理由では、警察は絶対に納得してくれないだろう。

自分はあの場所に死体があることをあらかじめ知っていたのだ。だから掘り出すことができた。それをどう説明する？

もし納得させることができなかったら、自分がこの殺人事件の犯人にされてしまうかもしれないのだ。死体を埋めた場所を知っている者は、常識的に考えて犯人か共犯者しかいない。万が一事件に関係のない第三者が死体を埋めている現場を目撃したとしても、自分で掘り返すことなどせずに、素直に警察に届けるだろう。

――置いていこう。

そう決めた。

ここは向こうの車道から離れた場所にあるといっても、まったく人が通らないとは考え難い。子供達が森に立ち入ることだってあるはずだ。あの時の自分達のように。それに公園を管理している区の職員がここに調査かなにかで訪れることも考えられる。

このままにしておいても、誰かが見つけて通報してくれるだろう。私は彼を見つけて掘り出してあげたのだ。ここで退場しても、決して恨めしく思われることはないはずだ。

――そう、きっと。

そうすることが正しいはずだ。

車に乗り込み、エンジンをかける。アクセルを踏み込み、逃げるように森から離れた。

自分がしていたことの重大さを改めて考えると、今更、身体が震えた。

ふと、自分の背中をあの頭蓋骨が見つめているような気分に襲われた。

その途端、不安な想像が胸いっぱいに広がった。もし明日雨でも降ったら、穴の中の死体は泥で埋もれてしまう。頭蓋骨にしたって野良犬が咥《くわ》えてどこかに持っていってしまうかもしれない。あの森は確かに人が通らない場所ではないが、通勤や通学で利用する者はいないだろう。発見までに数日、いやそれ以上かかるかもしれない。それで結局発見されなかったら、自分はなんのために苦労して彼を掘り出したのか――。

――もしあのまま見つからなかったら？　せっかく助けてあげたのに、あの人が浮かばれない。ここまでやってアフターケアまできちんとしないなんて、あまりにも野暮だ。

――でも。

心の中で相反する二つの考えが、相克していた。

どうする？　どうすればいい？

逡巡していると向こうに電話ボックスが見えた。衝動的にブレーキを踏んだ。ハンドルを握ったまま数秒考え、おもむろに車から外におりた。

匿名の電話なら大丈夫だろう。この電話ボックスの所在地は分かってしまうかもしれないが、すぐ逃げれば問題はない。携帯からかけると、ひょっとしたら身元が割れてしまうかもしれない。ボックスの方が安全だ。

扉を開け電話ボックスの中に入った。その時、指紋のことに思い当たった。怪しい指紋が見つかったぐらいで、まさか自分に辿り着くことはないだろうが、用心に越したことはない。真美はハンカチを片手にもう一度外に出て、自分が触れてしまったドアの箇所を丁寧に拭いた。そして指紋を残さないように、再びボックスの中に入る。

ハンカチにくるみ、慎重に受話器を持った。そのハンカチの端で非常用の110と119につながるボタンを押す。生まれて初めて押した。

「はい、どうされました？」

真美は、電話の相手とコミュニケーションを取ることなど初めから放棄し、公園の名前と道路の近くの森から人の死体を掘り出したことを早口で伝えた。

受話器を置こうとした時、言い忘れたことを思い出した。

「殺人です。殺したのは被害者の弟です」

オペレータはなにか言っていたが、無視して受話器を置いた。十秒もかからなかった。

真美がボックスを出るのとほぼ同時に、電話機が鳴り出した。一瞬足を止めたが、無視し、車に飛び乗った。アクセルを踏み込み、自宅に向かった。

一刻も早く、家に逃げ帰りたかった。こうしているうちにも、逆探知されてパトカーがこちらに向かっているかもしれないのだ。辺りには人気がなかったが、場所は住宅街に近い。

森の中に比べれば、通報している姿を誰かに見られている可能性は遥かに高かった。

パトカーとすれ違うこともなく、自宅にはすぐに到着した。

ガレージに車を入れ、トランクからシャベルを取り出した。門は開けておいてくれたようだ。玄関の電灯以外は、灯りはすべて消されてしまっている。母はもう就寝してしまったのだろうか。

ほんの少し安堵した。こんな泥だらけの格好のまま母と出くわしたら、いったいどこでなにをしてきたかしつこく聞かれるに決まっている。

シャベルにこびりついた土を叩いて落とし、物置にしまう。ここからシャベルを持ち出したことが、ぱっと見ただけでは分からないように、できるだけ元々の状態に物置の中を整理した。

家の中はひっそりとしていた。

足音をたてぬように、ゆっくりと風呂場に向かう。服を脱ぎ捨てる。早く体中の泥と汗を洗い流したかった。

熱いシャワーを全身に浴びた。肌に当たる湯の一滴一滴の感触に、思わず自分の身体を抱いた。目を閉じた。泥と汗と、もろもろの感情が湯に溶けて流れていくのを感じた。

真美は、健吾のことを思い出していた。彼と過ごした日々を思った。大学時代、夜中にいきなり〝会いたい〟と電話して彼を困らせたこともあった。デートが夜にまで及んだ時〝帰りたくない〟と懇願したこともあった。そんな自分のわがままを健吾は受け止めてくれた。だから共に暮らし始めたあの日々は、不安も確かにあったけど、まるで夢のようだった。

健吾の部屋の前で襲われた、あの感覚——。

考えたくない想像が、確信に近い形を伴って、脳裏をよぎる。

健吾は、誰かに殺されている。

誰——。杉山は格闘の能力に長《た》け、健吾よりも一回り身体が大きいという。確かに、彼は首を手で絞められて死んだのだ。杉山なら、そういう殺し方も容易いことだろう。

この想像を、馬鹿なこと、と一蹴することはできそうにない。

自分は森から、あの白骨死体を見つけ出してしまったのだ。

死体を発見した時に覚えたあの達成感。それは、もしかすると自分はこの行為のために生まれてきたのかもしれないと思うに値するものだった。

こうして、浮かばれず殺されてしまった人たちの無念を晴らすこと——。

目を閉じるとまざまざと思い出す。たった数十分前にいた場所だけど、きっと明日になってもこの記憶は脳裏に焼きついて消えることはない。明日も、明後日も。一年後も十年後も、ずっと。

暗い森。

光る月。

土の匂い。

あそこは、墓そのものだった。

ボディソープを擦《こす》りつけて全身を念入りに洗った。身体に残る森の土をすべて洗い流せば、あの出来事も夢で終わるかもしれないと思った。

死体は腐敗し、土に返る。あの時私が掘り出した地面には、確かに〝彼〟が溶け込んでいた。今、この身体にこびりついているものは、土と、彼の死。

身体を洗っても洗っても、その事実だけは拭えないような気がした。真美はシャワーの下で少し、泣いた。

思う存分湯を浴びてから、浴室から出た。

脱衣場で念入りに身体を拭く。水滴の一滴も残さぬように。

ドライヤーで髪を乾かした後、この泥まみれになった服をどうしようかと考えた。こんなものを母や中川に見られたら、いったいなにがあったのかしつこく追及されるに決まっている。洗濯しないでアパートに持ち帰ることにした。着替えなら部屋にいくらでも残っている。

バスタオルを身体に巻き、脱いだ服を両手に抱える。脱衣場のドアを開けた。真美は物音をたてぬように、廊下を抜き足差し足で歩き出した。

——と。

嫌な気配を感じた。

背中がぞくりと震えた。全身に感じる、この緊張——森で感じたものと同じだった。

——どうして。

まさか。

振り返る間もなく、

「おかえりなさい」

突然、背後から聞こえたその声で、思わず喉から、ひっ、と渇いた叫びが出る。

母が、そこにいる。

振り向かなくとも、声がする前から、気配と予感で分かっていた。

「遅くまで、どこに行っていたの」

冷たい声だった。真美の心の奥底まで探ろうとしているような口調だった。

真美は、恐る恐る振り返った。静かな表情をした母が、そこにいた。

母の視線はすぐに真美の胸元に向けられる。

「——その服、どうしたの？」

首を横に振り、弁解するように言った。

「別に、どうもしないよ。明日持って帰って自分で洗うから」

「そう――」

服は綺麗に折りたたんで胸に抱くように持っている。周囲が薄暗いせいもあってか、服の汚れには気づかれなかったようだ。

「明日、帰るの？」

首を縦に振る。

「――また、寂しくなるね。いつでも帰って来ていいんだからね」

母は少しだけ表情を崩して、そう言った。呼吸を整えて、真美は答えた。

「分かってる」

母は振り返り、背中を見せて、廊下をまっすぐに進んでいった。その姿はすぐに闇に溶けて消えた。死の予感も、一緒に。

もしかして母はすでに死んでいるんじゃないだろうかと、そんな馬鹿なことを考えた。

普段だったら想像もしない考え。しかし、今の自分の状況を鑑みれば、どんな異様なものを見たって決して不思議ではないのだ。

自室に戻ると、着替えのＴシャツとパンツを穿《は》き、ベッドに腰掛けた。なにをしたらいいのか、なにを考えたらいいのか、分からなかった。ただ体中が痛い。

ふと顔を上げた。

鏡に映った自分の顔。

麻紀が、そこにいた。

13

夢を見た。

辺りにはぼんやりと霧がかかっている。足元は水で満ちている。夢の中で真美は、これが夢であることを確かに自覚していた。

素足に石の感触が伝わる。一歩一歩、ただ、行き先も分からずに歩いている。

ふと、誰かの声が聞こえた。

――こっちへおいで。

誰かが手招きして、呼びかけている。

誰かが。

ゆっくりと霧が晴れる。世界は真美にその姿をさらす。そして真美に呼びかける人物の姿も、鮮明に見えてくる。
真美はそちらを直視した。
その手、
その瞳、
その髪。
麻紀だった。
彼女は言った。
こっちへ来れば、
それが普通なんだから、
あなたはもう化け物なんかじゃない。
だから私はこっちに来た。
あなたも私と同じなの。
私と同じ、素質を持った。
それは母さんからの〝贈り物〟。
口は動いていなくても、心に直接訴えかけてくる。
真美は麻紀の後を追うように歩き出す。

透明な水。
透明な空。
透明な風。
透明な空気。
透明な色彩。
透明な思考。
透明な意識。
透明な孤独。
透明な不安。
透明な恐怖。
透明な麻紀。
透明な私。
無限に続き、無限に広がる。
石につまずき、転んだ。頭から水につかる。全身が水浸しになってしまう。
でも痛みも、冷たさも感じなかった。
ただ胎児のように、心地よかった。

真美はゆっくりと身体を起こした。座り込み、下半身が水につかった姿勢のまま、透明な水をすくって、飲み込んだ。

体中が癒されるような気分になった。意識が限りなく鮮明になってゆく。

真美は憑かれたかのように水を飲み続ける。

すくっては飲み、すくっては飲み込む。繰り返し繰り返し。

それだけでは満足できなくなり、水面に直接顔をつけて水を飲んだ。無我夢中だった。

ふと、水底のなにかと目が合ったような気がした。

目を凝らした。

そこには瞳はなかった。

顔もなかった。

ただ水底の石が、なんとなく人の頭蓋骨のように見えたのだ。

でも、自分には分かった。

この石の一つ一つが、人間の残存だ。

みな死んでいる。

ここは楽園なのか、それとも地獄なのか。

麻紀は微笑んで、向こうを指差した。風が麻紀の栗色の髪を揺らした。

ゆっくりと麻紀の唇が動く。

向こうに見えるのが、私のお城。

麻紀の指差す方向には、巨大な建造物が聳《そび》え立っていた。水面に浮かぶ城だった。水の底から直接生えているようにも見える。

巨大な門の向こうに、城があった。

城の左右には無限に高い塔が聳え立っている。塔の奥には、また塔がある。その奥にも、また奥にも、そのまた奥にも、ずっと。

塔の中に見え隠れする城は、まるで怪物の大きな口のようにも思えた。

真美はやっと気づいたのだ。

ここは人々の死によって作られた王国だということを。そして麻紀はその王国で死者を引き連れ、かしずかせている――王女だった。

麻紀は、言った。

私は、いつでも、ここにいるよ。

そして、真美を待っている。

ずっと。

そこで、目が覚めた。

目が覚めた時、真美は一瞬、高校時代に戻ったかのような感覚に陥った。懐かしい部屋に、懐かしいベッド。懐かしい、この目覚め。カーテン越しに部屋に差し込む朝の光を、昔、自分は毎日ここで浴びていた。

最近は、夢を見ることも少なくなった。いや、実際は見ているのだろうけど、目が覚めると忘れてしまうのだ。夢で作られる物語は、大人になるにつれ忘れてしまい、重要なものではなくなり、埋葬されてゆく。毎朝、目覚めるたびに夢の墓標が一つ一つ増えてゆく。夢の死が並ぶ場所。死の王国。

――そこが麻紀のいる場所。

夢の中なら、誰とでも出会える。麻紀とだって、健吾とだって。皆で幸せな家庭を築くことだってできるのだ。

でも、麻紀はもういないし、健吾とよりを戻すこともできそうにない。幸せな未来の展望なんてなにもない。自分はただ不安な将来に向かって、日に日に貴重な時間を浪費していく。現実は、そんなものだ。

この現実が、すべて夢だったらいいのに――そう思わずにはいられなかった。

センチメンタルな気分を振り払い、ベッドから降りた。

体中が痛い。酷い筋肉痛だ。その辛さが、昨夜の出来事をまざまざと思い出させる。あれは夢ではなかったようだ。胸に抱いた頭蓋骨の感触は、今でもはっきりと覚えている。

バッグからペットボトルのお茶を取り出して、一口飲んで一息ついた。壁の時計を見やる。まだ朝の七時前だ。疲れているから眠りたいのに。最近、睡眠不足だ。覚えている夢が少なくなったのも、そのせいだろうか。

髪を梳《と》かして、服を着て、洗顔するために部屋を出る。

ドアを開けた途端に身体にまとわりつく嫌な気持ち。予感。これはなにかが起こる予兆なのだろうか？

だが、真美は知ってしまった。

すべては、もう、起こった後なのだ。止めることも、変えることも、決してできない。

昔、なにかがあった。この予感の源から。

洗顔を済ませてから、居間に行ってテレビをつけた。様々な局にチャンネルを合わせる。生真面目《きまじめ》そうな顔をしたキャスターが各種のニュースを伝えている。

ソファに座ってしばらく画面を見ていたが、一向に白骨死体発見のニュースに触れられる様子はない。キャスターは、行方不明になっていた会社員の女性の惨殺死体が東京湾で発見されたと報じていた。事件らしい事件はそれだけだった。

真美は不安に襲われた。もしかしたら自分が行ったあの通報は、悪戯として処理されてしまったのではないだろうか。一度《ひとたび》そんなことを考えてしまうと、いろいろな想像が後から後から湧き上がってくる。仮に警察が真美の通報を信用したとする。彼らは森を捜索し、そしてあの死体を発見する。するとどういう事態になるのだろう？

遺体は死後十数年は経っている。突然、何者かによって掘り出され、発見された。通報者と発見者は同一人物と見られる。犯人が自責の念に耐えられず、十数年前に自ら埋めた死体を掘り出し、通報した——捜査の最初の段階では、恐らくそういった可能性が有力視されるのではないか。

警察の捜査が自分に及ぶ可能性は絶対にない、とは言い切れない。しかし殺人が行われた当時、多く見積もっても真美はまだ小学生のはずだ。もし死体を掘り出したのが自分だと知れたとしても、小学生が人を殺し、しかもその死体を埋めるなんていう芸当ができるとは、警察だって思わないだろう。

その時——。

背後から不安が足音と共にひたひたと忍び寄って来た。

振り向かなくとも、誰がやって来たのかは分かっていた。

この気配がなんなのか、今でははっきりと理解できる。

これは、死の気配だ。

「おはよう。よく眠れた？」

不安とは正反対な明るい声。

母だった。

真美は振り返った。微笑んで、おはよう、と答えた。何気ない、本当になんでもない朝の会話。こんなものすら、真美が家を出た当時、ここにはなかったのだ。

両親から逃げ出し、一度、母との間に深い亀裂ができたからこそ、こうして再び心を通わせることが可能になったのかもしれない。

——心を通わせる？

真美は十分過ぎるほど理解していた。自分が母にまだ心を許していないことを。過去にあった彼女との軋轢。感じる母の心の闇——死の匂い。

母と二人で朝食を取った。中川はまだ来ていないので、母の手料理だ。中川が作った夕食に比べるとずいぶんと質素なものだったが、十分だった。

食事をしながら、母と二人で取り留めのない話をした。仕事はなにをしているのか、毎日の健康管理はちゃんとしているのか——。食事をしている間にも〝予感〟は消えることはなかった。だが怯え、取り乱すようなことはもうない。動悸も、それほど酷くはなくなった。

ただ死の気配を感じ取れる、緩やかな緊張感がそこにあった。

麻紀があの時言っていたように、慣れたから——？　いや、そんな有体な言葉では決して説明できない。

そう自分は——この能力を受け入れることができた。森に埋められている死体を発見した時に覚えた、あの達成感。これはきっと、麻紀と自分が、あの死の王国から授かった贈り物なのだ。他人は持っていない、自分だけの能力。それを上手に扱うことが自分の運命ならば、受け入れなければならない——そんなことを、思う。


でも、不安な心。

気づくべきではない真実に否応なしに直面させられてしまうかもしれないという不安だけは、決して拭い去ることができない。


食事が終わった後、食器を片付けるために母は立ち上がり、真美に背中を向けた。

「待って」

思わず、呼び止めた。

えっ？　と怪訝そうな顔をして、母は振り返った。

母は、娘がこんな力を持っていることに気づいているのだろうかと、真美は思った。

夢の中で、麻紀は言った。自分達の能力は母からの〝贈り物〟だと――。

もしかして、母もこんな力を持っているのかもしれないと、考えた。

「どうしたの？」

真美の思いつめた表情を見て取ったのか、母は訝しげに呟いた。

「お母さん」

震える声で、呼びかけた。

「じっとしてて」

真美は母に一歩一歩近づいた。

（近づかないで！）

そう心の中で誰かが呼びかける。

（真実を知ってしまってもいいの？）

分かっている。これは自分の心の声だ。本能の声。知らない方がいい。知ったらきっと自分は深い衝撃を受ける。母の罪を知ることなんて、好きこのんでしたくはない――。

でも、もう遅いのだ。

（自分は気づいてしまった、だからもうこれ以上）

後に引くことはできない。真実を知る義務が自分にはある。そう、私はすでに知っているのだ。昨日ここを訪れて、母に会ったその時に。疑う余地はどこにもない。昨夜私はあの森から死体を見つけ出したのだ。ただ母から感じ取った事実について自分は、その意味を考えることを放棄したくて、意識の奥底にしまい込んでいるだけなのだ。

心の中の箱にしまって、鍵をかけてしまった。もう自分だけの力では開かない。箱を開けるには、中から過去を取り出すには、こうするしかないのだ。

近づく真美に、母の表情が凍ってゆく。怪訝そうな顔が畏怖《いふ》のそれに変わる。

「――真美」

一言、母が呟いた。

でも、もう迷わなかった。

母は動かなかった。明らかに怯えているのに、逃げようと思えば、いつでも逃げ出せるのに、まるで真美の視線に身体がすくんで動けないかのように、母はただ、そこにいた。

子供の頃はあんなに大きかった母の身体。今、自分はその母と同じ目線にいる。

ゆっくりと、真美は手を差し伸べる。

そしてそっと母の身体を抱いた。

母の身体はとても小さかった。

箱が開いた。そこから過去が見えた。あの河原沿いだ。麻紀がいる。楽しそうにはしゃいでいる。土手の上を、家とは反対方向に歩いている。夕日が、川を黄金色に照らしている。

「――お母さん」

真美は母の耳元で囁くように言った。

「どうして麻紀を、殺したの？」

向こうからお母さんがやって来た。

「こんな所にいたの」

お母さんは鬼のように怖い顔をしていた。

「遊びに行く時は行き先を言いなさいって、教えたでしょう？　どうして言いつけを守らないの？　捜したわよ。友達の家にも電話したし、公園も捜した。どうしてお母さんにそんな手間をかけさせるの？」

お母さんは嫌いだ、すぐ怒るから。

「こんな泥だらけになって。早くお家に帰りましょう。晩御飯食べたくないの？」

（嫌だ）

私はすねて、そんなふうに答える。

お母さんは怒ったように顔をゆがめて、手を振り上げようとする。
私は思わず、後ずさる。
お母さんは、はっとしたように上げかけた手を下ろした。
「わがまま言ってないで帰りましょう。一人で遊んでいてもつまらないでしょう？」
私はお母さんに答える。
（一人じゃないもん。友達なら、ここに沢山いるよ）
「また、そんなこと言って！　あなたいい加減にしないと、お母さん本当に怒るよ！」
私は嘘は言っていない。
向こうの道路で車に轢《ひ》かれて死んだお婆さんも。
川で溺れて死んだ男の子も。
みんな私の友達だ。
どうしてお母さんは信じてくれないんだろう？
病院に連れて行かれて。
お医者さんに体中調べられて。
とても辛かった。
私は病気じゃないって、言っているのに。

お母さんは信じてくれない。お父さんも。

信じてくれるのは、真美だけだ。

私は叫んだ。

(知ってるよ。お母さん、私のこと嫌いなんだ！)

お母さんの表情が、さらに歪む。

(お姉ちゃんの方が素直で、お母さんの言うことなんでも素直に聞くから、お母さん、お姉ちゃんの方が好きなんだ！　でも、私達はお母さんのロボットじゃない！)

お母さんはしゃがみ込んだ。

私と視線を合わせた。

そして微笑んだ。

でも私は知っている。

これは無理に笑っているだけなんだ。

本当は私のことが憎くて憎くて、お腹の中が煮えくり返っているんだ。

「お母さん、麻紀のことが好きなの。本当よ」

嘘だ。

(嘘)

「どうしてそんなことを言うの？」
きっと後悔している。
（後悔しているんでしょう？）
「後悔って、なにが？」
私は、今まで言いたくて言いたくて仕方がなかったことを、叫んだ。
（私達を選んだことだよ！）
お母さんの顔が凍りついた。
まるで石のようだった。
図書館で読んだ本を思い出した。
ギリシャ神話の本だった。
髪の毛が蛇のメデューサという怪物を見た者は、石になってしまうのだ。
私はメデューサ。
だからきっとお母さんよりも、強い。
勇気を振り絞った。
大丈夫。私は強いんだ。
「――どういう、こと？」

震える声で、お母さんは聞いてきた。

(子供は他にも沢山いたのに、物珍しさだけで、双子の女の子を選んだことだよ!)

お母さんはしばらく呆然と私の顔を見つめていた。

それから私の肩に手をやり、強く身体を揺さぶった。

「誰に聞いたの!」

お母さんも、叫んでいた。

「誰に、聞いたの!」

(聞いてなんかいないよ。私達の本当のお母さんは私達を産んだ時に死んだ。だから本当のお母さんも、私の友達。一人でも、怖くない、寂しくなんかない。このまま家出したっていい! 本当のお母さんが側《そば》にいるもの!)

その瞬間、お母さんは私の身体を押した。

私の身体はぐらりと揺らいで、そしてそのまま土手を転がり落ちた。

勢いのついた身体はなかなか止まらなかった。

体中にいろんなものが当たる。

私は、階段から転げ落ちた時のことを思い出していた。

痛かった。

泣いてしまいそうだった。

でも、泣けなかった。

だって私はもう死んでいたから。

お母さんが近くに来る。

私の顔を覗き込む。

なにか言ってやろうと思った。

でもなにも言えなかった。

石になってしまったのは、私の方だったのだ。


真美は再び、囁くように問い掛ける。

「どうして――」

14

「どうして麻紀を、殺したの？」

母の耳元で再び呟き、真美は泣いた。

「どうして、どうして——」

母の身体から力が抜けた。しかし真美が抱いているので、床に倒れ込むようなことはなかった。放さない。母さんが真実を告げるまで、絶対に放さない！

「——真美」

母が呟いた。いつもの毅然とした態度は、そこからは感じ取ることができなかった。まるで惚けたような声だった。

「いったい、どうして——。麻紀が反抗的だったから？　血が繋がっていないって気づかれたから？　それとも、こんな力を持っていたから？」

「——ごめんなさい」

「じゃあ、私のことも殺すの？」

母はうわごとのように、ごめんなさい、ごめんなさい、を繰り返すばかりだった。母は泣いていた。母の涙を真美は初めて見た。麻紀の葬儀の時でさえ、母は決して涙を見せなかったのに。

「ごめんなさい——。許して——」

「どうして殺したか言って！」

母を食い入るように見つめ、真美は叫んだ。母は顔を上げ、真美と目を合わせた。そして、泣きながら言った。
「あの子は――魔女の子だったから」
真美は――。
呆然とした。
身体の力が抜けた。
母は真美の腕を滑り落ちるように床に倒れ込み、慟哭《どうこく》した。
真美の頭の中には、母の一言が、リフレインのように響いていた。

魔女の子、
魔女の子、
魔女の子――。

私も、魔女の子供なのか。
私と麻紀の生みの母は、黒猫をお供に、箒《ほうき》に乗って空を飛んだの？
まるで絵本だ。ファンタジーの記号だ。自嘲する気力すら、もう残っていない。
真美は跪いた。母と目線を合わせた。あの時と同じだった。

「お母さん――。泣かないで。話して、お願い」

母の肩に手をやって、強く揺さぶった。

あの時、母が麻紀にしたことを、今、自分が母にしていた。幻視の中のあの風景と現実の境目がなくなっていくような感覚に陥る。

いや――。

あの風景こそ、現実なのだ。

「私と、麻紀は、お母さんの本当の子供じゃないのね？」

涙ながらに母は頷く。その事実に、衝撃を受けないと言ったら嘘になる。だが、一度こわれかけた親子の絆《きずな》なのだ。自分はもう幼い子供ではないし、今更そんな事実を知らされたって、どうなるでもない。

――そんなことよりも。

真美の数十分間の説得が功を奏したのか。母は途切れ途切れに話し始めた。

触れられたくない秘密、暴かれたくはない過去だったはずだ。だがだんだんと饒舌《じょうぜつ》になっていくその様子を見て、真美はやはり誰かに胸の内を打ち明けたかったのだろうと思った。

結婚後数年しても、母は子供ができなかった。避妊の類は一切していなかった。両親は子供ができることを望んでいた。

子供を渇望していた母は医者に相談に行った。だが問題があったのは、母ではなく、父の方だった。精子の数が極端に少ない体質だったのだという。精密検査を受けて初めて分かったことだった。二人は絶望の淵に沈んだ。昔のことでもあり、体外受精など特殊な手術に踏み切る勇気もなかった。

だが二人は、特に母は、どうしても子供が欲しかったのだという。元々欲しかったのは勿論だが、持てないとなると余計にその欲求は大きくなる。父は、男の子だったら自分の仕事を継がせ、女の子だったらその夫に仕事を継がせようという現実的なことを考えていたが、母は違っていた。

この家で、子供達と一緒に暮らすこと、ただそれだけが理想だったのだ。

「孤児院に――相談に行ったわ」

二人は養子をこの家に迎えることにした。だが養子の手続きは思いのほか困難だった。里親になるには審査をクリアしなければならなかった。

里親には、実の親同様、子供を自立する年齢になるまで育て上げる責任があった。

「勿論、私達には問題はなかった。少なくとも経済的な問題は。だけど孤児院の先生は、重要なのは心の問題だって――そう私達に言ったの」


子供は、親の都合で好き勝手に取り替えられるペットではない。いったん里親として引き取った後、育てられなくなり再び手放すということは絶対に許されない。多くの子供は、親に捨てられ、先立たれ、孤児院にいる。もし里親にも同じ目にあわされたら、子供達は二重の苦しみを背負うことになってしまうのだ。

本当に、責任が持てますか？　里親になったことを後悔しませんか？　そりゃ誰だって、引き取ったその時は大切に育てようと誓いますけど、何年もその子供と生活するとなったら話は別です。子供が成長するにつれ、どうして自分がこの子を育てなけりゃならないんだ、赤の他人の子供なのに――そんな身勝手な理由で子供への虐待に走る親だって、絶対にいないとは言い切れないんです。

――孤児院側は強い口調で両親に説明した。だが母はその言葉を肯定的な方に受け止めた。それならば、引き取った子供を生涯責任を持って育てていくという誠意さえ見せれば、里親になれると考えたのだ。

毎日のように、母は孤児院に足を運んだ。物陰からそっと、子供達が遊ぶ様子を眺めていた。誰でもいい。男の子でも女の子でも構わない。子供は親を選べない。言い換えれば、親だって子供を選ぶことはできないのだ。養子にするからといって、デパートで服を買うように好きに自由に選択できるなんて、間違っている。だから、どんな子供だって、自分は親の責任を果たす。平等に愛情を注ぐ——母はそう訴えた。

熱心な母の態度に院長も心を許したのか、特に大きな支障はなく養子縁組の話は進んでいった。

「院長先生は一人一人の子供達とその境遇を話し始めた。でも、その中から誰か一人を選ぶことなんて、私にはできなかった。それで私は、一番最近ここに来た子供に会わせてください、って言ったの」

それが、真美と麻紀だった。

二人は新生児で、病院からここへ運ばれて来たのだった。

「病院？」

母は、こくりと頷いた。

真美の毅然とした態度を見て、もうすべてを打ち明けても構わないと思ったのか、母は本当の両親の末路を語った。

「あなたと麻紀のお父さんは、ヤクザ紛いの仕事をしていたアル中で、お母さんをアパートに監禁してた。妊娠しても、その状態は変わらなかった。病院に連れて行くこともしなかった。あなた達は、その部屋で生まれた。たった一人で、あなた達を産んだのよ。生まれた赤ん坊の泣き声や、必死の思いで助けを求めるお母さんの声で、隣の部屋の人が気づいて救急車を呼んでくれた。あなた達は助かったけど、お母さんの方はもう——衰弱と出血が酷くて——。お父さんは、お母さんを監禁していた廉《かど》で警察に連行されたけど、取調室に連れていかれる時に刑事さんの目を盗んで窓を突き破って外に逃げたの。でもそこは四階だった。下の駐車場に落ちて、即死だったそうよ。きっともう正常に物事が判断できる状態ではなかったんだと思う」

全身から血の気が引いてゆくのを感じた。

身体の震えが止まらなかった。

寒くもないのに、歯がカチカチと鳴る。

それを気力で必死に抑えようとする。

「大丈夫――？　真美。ショックだよね、こんな話を初めて聞いたら――」

違う。

勿論、衝撃は受けたけれど、それだけじゃない。そんなアル中の人でなしがどうなろうと、知ったことじゃない。そんな男は父さんじゃない。

思い浮かべたのは、勿論、彼女のことだった。

アパートの一室で、一人っきりで子供を産んだ――。自分の命を犠牲にして。私達は、彼女の命を貰って生き延びたのだ。

罪悪感、後悔、その他もろもろの感情が身体の中から湧き上がる。私達の命と引き換えに彼女は死んだのに、私は――。

心の中に封印していた思い出が、今、堰《せき》を切ったように溢れ出し、脳裏に蘇る。

涙がこぼれた。雫《しずく》がポロポロと頬を伝って止まらない。

私も死ねばよかったんだ、母のように。

だけど、自殺する勇気なんてない。情けないけど、まだこの世の中に未練がある。

どうすればいい？　どうすれば罪滅ぼしができる？

「ごめんなさいね――。今まで黙っていて」

母も泣きながらそう言った。きっと娘が自分の話に衝撃を受けて涙を流していると思っているのだろう。そう思うなら思えばいい——それは間違っていないから。

だけど、それだけではないのだ。

自分には母に知らせていない秘密がある。


母は再び語り出した。

両親は二人を引き取ることに決めた。父はどうせなら男の子がいいと主張した。婿養子よりも、実子に仕事を継がせた方が後腐れがないというわけだ。時代錯誤な話だった。事実、母の話は二十年以上も前のことなのだから、父の考え方は仕方がないと言えなくもなかった。

だが母は、そういった打算的な話はうんざりだった。男だろうが、女だろうが、子供は子供なのだ。そんな考えはいけないと父を窘《たしな》めた。院長が語った子供の過去で、母はすっかり真美と麻紀に感情移入してしまっていた。一歳にも満たない双子の赤ん坊。いかにもか弱い存在に、母の目には映ったのだろう。私がこの子達に愛情を注がなければならない、そんな使命感にも似た気持ちを抱いたのだという。

「愛情を注いだ麻紀を、殺したの？」

「――ごめんなさい」

「私達の生みのお母さんが魔女だって、どういう意味？」

しばらくは、なんの問題もなかった。麻紀と真美。二人の子供は、母と父の惜しみない愛情を受けて、健やかに育った。

だが、たった一つのアクシデントから、その幸せに陰りが出始めた。

麻紀が階段から落ちたことだった。

数日間昏睡状態に陥り、目覚めた時――彼女の《力》が目覚めていた。

「あの発作のこと？」

「――そう。麻紀は、頭をぶつけて怪我をしたことで、生死の境をさ迷った――。きっとそんな事故を経験したせいで、あんな恐ろしいことが――」

麻紀の発作に手を焼いた母は、もしかしたら遺伝性の病気かもしれないと考えた。事故のショックが脳になんらかの作用を及ぼし、あんな症状を呼び覚ましたとは考えられないだろうか？

それはあくまでも想像の域を脱していなかったが、すでに母はありとあらゆる可能性を考えていた。なにかの感染症かもしれない、事故で脳の一部に物理的なダメージを受けたのかもしれない。勿論、なんであれ、この子をきちんと育て上げると決意した気持ちは変わらなかった。

母は、二人を産んだ両親の素性を知りたいと、強く思った。具体的には病歴だった。孤児院にたずねることはためらわれた。この双子を養子に迎えたことを後悔している、と思われたくなかったのだ。それに孤児院にしても、実の両親について里親に教えることができるデータには限りがあるかもしれない。

母は興信所に捜査を依頼した。馬鹿にならない費用がかかったが、おおよそのことは知ることができた。出身地、出身学校、近所の評判、人となり、そして勿論、病歴も。

実の両親にはこれといった大病を患った過去はなかった。想像が外れていたことに母は安堵したが、ではいったい麻紀の今の状況はどういうことなのかと途方に暮れた。

だが興信所の調査結果には思いもよらぬデータが含まれていた。二人の生みの母の家系だった。彼女は英国人の血を引いていた。

真美と麻紀の祖母にあたる人物は、一六六二年にスコットランドのオールダーンで行われた魔女裁判で奇跡的に処刑を逃れた女性の、子孫だった。彼女はスコットランドから留学目的で日本にやって来た。日本人と結婚し、帰国をしなかったという。

そして生まれたのが、二人の母。


「だから、私達の生みのお母さんが、魔女だというの？」

以前、オカルト好きの高畑から魔女についての話を聞いたことがある。それによると中世の魔女裁判は、集団ヒステリーの一種だという。苛烈な拷問で無実の女性達を自白に追い込む拷問官の多くが性的サディストだったと言われているのだ。

もし、そんな中世の時代に真美のような能力を持った女性がいたら、魔女のレッテルを張り付けられ、真っ先に告発されてしまうに違いない。そして他の多くの魔女でもなんでもない女性達と共に処刑されるのだ――。

当時からこの世に存在していた、ほんの一握りの異能者たち。

――お前は魔女だ。

勿論、麻紀も、そして私も。

その血を受け継いでいる。

データには続きがあった。

二人の実の父と母は、幼馴染で、小、中、高、と同じ学校に通っていた。次第に付き合うようになっていったのも自然な成り行きだった。父が不良になっても、二人の関係は変わらなかった。

高校を卒業した時、すでに父は堅気の人間ではなかった。当時から、組織同士の抗争などのいざこざに巻き込まれることが少なくなかったという。

ある日、父の仲間の一人が殺され、警察の捜査が始まった。だが一向に犯人は検挙されない。そんな中、母が犯人を言い当てた。母の話は論理的で整合性があった。事実、母が名指しした人物が殺人事件の真犯人だったのだ。ただ母がその考えに至った経緯だけが、すっぽりと抜け落ちていた。

しかし父の仲間にそんなものは必要なかった。彼らは母を利用し始めた。真相が明らかになっていない殺人の首謀者を、母はすべて言い当てた。後に残るのは彼らに対する報復と、脅迫だった。母は父の組織にとってなくてはならない存在になった。

だが母はそんな生活にはもううんざりしていた。足を洗って真っ当な仕事に就こうと、何度も父を説得したが徒労に終わった。逃げ出そうとする母を父は監禁し、そして麻紀と真美が生まれ、彼女は死んだ。

「きっと、頭を打ったせいで、麻紀にもその母親と同じ、魔女の素質が目覚めたんだと思う」


真美は目を見開いた。

自分自身の、この力の意味を考えた。

麻紀が能力に目覚めたプロセス――階段を落ち、昏睡状態に陥り、生と死の間をさ迷ったからこそ――元々秘められていた〝力〟が目覚めた。母の血を受け継ぐ〝力〟が。

生と死の間――。

一年前、自分もそんな状態に陥った。

母と同じだった、なにもかも、ある一点を除いては。

母は自分の命を犠牲にして、私と麻紀を産んだ。

でも、私は違った。

子供の命を犠牲にして、自分だけ生き延びたのだ。

真美は泣いた、止めどなく涙が溢れた。

「麻紀のあの時の言葉、私一生忘れない。麻紀は私に、私が後悔しているって言ったの。子供は他にも沢山いたのに、物珍しさだけで、双子の女の子を選んだことを後悔しているって。私、あの子が恐ろしかった。恐ろしくて、恐ろしくて。あなた達が養女だってことは、私と父さんだけの秘密なのに、どうして麻紀がそれを知っているの？ 麻紀は言ったわ。死んだ本当のお母さんが側にいるって――。だから、寂しくないって――。私、それを聞いた時、衝動的にあの子を突き飛ばしていた。我に返った時、足元に麻紀の死体が転がっていた」

昨日、母には子供は流れてしまったと説明したが、本当はそうではなかった。

大学時代の真美と健吾は、お互い、深く愛し合い、将来を誓った。だが当時、厳格だった真美の両親が、将来の展望がまるでない男との結婚を許すはずもなかった。

両親は真美に、健吾に代わる婚約者を選んだ。父が懇意にしている取引先の社長の息子だったが、それだけの男だった。実直さと将来性しか取り柄のない男と、自分が心の底から愛した男とを天秤にかけた両親に嫌気がさした真美は、家を飛び出し、健吾と駆け落ちした。

やがて真美は健吾の子供を身ごもった。

方々捜し回った両親が彼女を発見した時、もう堕胎は不可能な状態だった。だが産婦人科の医院に入院させて出産させることを、両親は望まなかった。醜聞になるからだった。

実家で出産することを両親は提案したが、真美は拒絶した。意地もあったし、家族の白い視線にさらされながら子供を産むなど、耐えられなかった。なにより、生まれた子供が両親の手によって亡き者にされてしまうのではないかという恐怖感が終始真美を支配していた。

二人は両親の目を盗んで逃げ出した。

新しく部屋を借り、出産までの数ヶ月、そこで生活した。おびえながらひっそりと暮らし、やがて破水を迎えた。

最後まで自分達でやり抜こうと二人は決めた。病院に駆け込むという選択肢はなかった。入院したら記録が残ってしまう。そこから両親が自分達を捜し出すかもしれない。そんな事態は絶対に避けなければならなかった。

「生まれたよ」

その健吾の声を、自分は生涯忘れることはできないだろう。

真美は赤ん坊を抱き上げ、あやした。私の、子供。この世界に一つだけの、かけがえのないもの。真美は自分が産んだ子供を抱きしめ、泣いた。歓喜の涙でもあった。

やがて真美は、赤ん坊の異変に気づく。

赤ん坊は、泣き声一つあげなかったのだ。

呼吸もしていない。心臓の鼓動も聞こえない。

——健吾、どういうこと？　ねえ、これはどういうことなの？

真美は健吾にすがりついた。

健吾は絞り出すような慟哭の声で、死んでる、と呟いた。真美は健吾のその言葉の意味が分からなかった。

茫然自失した真美を残したまま、生まれた子供をバッグに詰め、健吾は出かけていった。

衰弱した身体をベッドに横たえ、真美は一人取り残された。

涙も涸れた、悲しみも潰《つい》えた。なんの感情も起こらない。ただ息をしている人形のようにそこに存在しているだけだった。

やがて意識が朦朧となった。天井が二重に見える。身体がだるい。異様に吐き気がする。

胸が悪くなり、水を飲みたくなってベッドから這い下りた。二本の足で立てなかった。立って歩こうとしても、ふらつく身体を支えることができず、すぐに膝をついてしまう。

立ち上がろうと身体に力を込めた途端、強烈な嘔吐感を覚え真美は胃の中身を床に吐き出した。とっさに手を口にやり堪《こら》えようとするが、耐えられず次から次へ床に吐いてしまう。

胃の内容物をすっかり吐き出してしまい、胃液だけになっても、嘔吐感は止むことはなかった。

最後の気力を振り絞り、立ち上がった。口をゆすぎたかった。健吾が帰って来る前に、この後始末もしておきたかった。

でも、無理だった。

視界が暗くなり、真美は床に崩れ落ちた。吐瀉物の匂いと、顔を汚す涎と涙の感触だけが、鮮明だった。

罰が当たったんだ。そう思った。

意地を張って、こんな無茶な出産をして、それで結局子供は死んでしまった。

出産時の傷をそのままにして、なんの処置もしなかったのがまずかったのだろう。きっと自分はこれで死ぬのだ、何の疑いもなくそう思った。

だが真美は、這いずって電話機に向かい、助けを求めようとはしなかった。

その時、自分は確かに死を望んでいたから。

子供への贖罪の意味もあるだろう。こんな辛い記憶を残して生き延びたくはないという気持ちもあったのだろう。このまま死んでしまえば、罪滅ぼしができる。友達はみんな自分に同情してくれるだろうし、なにより両親に対してこれ以上の復讐はない。

朦朧とする意識。視界はまるで霧に包まれているようだ。

霧の中、麻紀がそこにいた。

自分と同じように成人した姿で、静かな眼差しで、立ちつくし、こちらを見下ろしていた。

――ああ、自分も麻紀の元へ行くんだ。

麻紀がゆっくりと唇を動かしている。

なにかを自分に伝えようとしている。

——なにを、言ってるの？

必死に耳を澄ましても、麻紀の声は決して聞こえない。

力を振り絞って、麻紀の方へと手を伸ばした。

麻紀はそっと微笑んだ。

そこで意識が黒い闇に閉ざされた、完全に。


目覚めた時、健吾がいた。

真美の手をしっかりと握りしめて、その目は赤く腫れ上がっていた。

硬い床の感触はもうなく、身体は清潔なシーツに包まれていた。

氷嚢《ひょうのう》がタオルに巻かれて額に当てられている。その冷たさと健吾の手のぬくもりが心地良くて、真美はしゃくり上げるように泣きだした。

「——死んだかと思った」

かすれるような声で健吾は言った。

死んでなかった。

自分は絶対に、麻紀の元へ向かうはずだと思ったのに。

私はまだ、生きている。

それが信じられなかった。自分は本当に生きているのだろうか？　生きていてもいいのだろうか？　諸々の不安が、恐怖となって押し寄せてきた。ただ健吾の手をしっかりと握りしめた。そうする以外に、すがれるものなどなにもなかったのだ。

健吾は真美に覆いかぶさるように、彼女の身体を強く抱いた。

「ずっと、意識が戻らなかったんだ――。救急車を呼ぼうかって、何度も考えた。でも、勇気がなくて――」

自分達は子供を産んで、死なせ、その死体を勝手に捨ててきたのだ。救急隊の人間が真美の身体を見たら、出産後間もないことは容易に彼らの知る所となる。何らかの罪に問われるのは避けられないだろう。

だが自分の命や人生のことなんて、真美にとってはすでに瑣末《さまつ》な問題に成り下がっていた。

「――あの子は、どうしたの？」

必死の思いで声を出した。健吾は、実家の近くの寺に遺棄してきた、きっと無縁仏として葬ってくれるだろう、と真美に語った。

熱は下がり、吐き気や身体のだるさも治まっていったが、その次に襲ってきたのはもっと辛いものだった。即ち、後悔だった。

真美は昼夜問わず泣きながら日々を過ごした。

やはり設備の整った産院で出産するべきだったのだ。たとえ両親に見つかり、子供が連れ去られることになったとしても、冷静になって考えてみれば、まさか命までは取られなかったはずだ。第一、生まれてすぐに救急車を呼べば、あの子は助かったかもしれない。そんなことに気を回す余裕がないほど、あの時の自分達は混乱していた。

もっと冷静に対処していれば良かったという、激しい後悔――。

泣きながら、カッターナイフで腕を切った。なぜそんなことをするのか自分でも分からなかった。ただ痛みだけが確かにそこに存在していた。その痛みしか、自分をこの現実につなぎ止めるものはないかのように思えた。

健吾が慌てて止めに入り、真美からカッターを取り上げた。だから真美は彼がいない時を見計らって自分の腕に傷をつけ続けた。健吾が帰って来るまでに、真美の両腕には百本以上もの赤い線が引かれ、そこから血が滲み出るようにこぼれていた。

――なにをしたんだッ！

動転した健吾に、真美は恫喝された。そんな大声でどなられたことなど、一度もなかった。その心の痛みが、現実だった。傷の痛みと同じように。

やがて、日常は戻ってきた。出産前と同じ生活が。働き、食事を作り、この部屋で暮らす。傍目《はため》には変わらない日々に見えても、二人の心が以前と同じものに戻ることはなかった。

子供のことを思い出さない日はなかった。一日たりとも。だが真美と健吾は、お互いそのことには触れないように暮らした。

しかし、重苦しい毎日と、後悔の記憶が二人を苛《さいな》んだ。真美と健吾の関係が冷めるのに、そう時間はかからなかった。

真美は新しいアパートの部屋を借りた。二人で暮らすためのものではなかったが、健吾は一緒に不動産屋を回ってくれた。程なく、アルバイトだが職も見つかった。真美は数ヶ月共に暮らした部屋の鍵を彼に返した。二人は別れた。

今でも心がその記憶で疼《うず》くことがある――。そんな時、真美は、自分の腕をあの時と同じようにカッターで切りつける。そして涙を流す。

そうすれば心が安らいだ。

自分で自分の身体を痛めつければ、罰すれば、あの子も許してくれるかもしれない。そんな儚《はかな》い願いを夢想した。

真美の両腕には、蚯蚓腫《みみずば》れのようにその傷が残っている。所詮、耐えられる程度の痛みだから腕に残るのは浅い傷ばかりだったが、その傷が治る前に真美は腕に新たな傷をつけてしまうのだ。

こんなことを続けていてはいけないという想いもある。でも、止めることはできなかった。

そうだ。

真美は確信した。

自分は、あの時、きっと生死の境をさ迷ったのだ。階段から落ちた麻紀のように。

だから、麻紀の幻も見た。

あの子の命と引き換えに、自分にも、麻紀と同じ力が目覚めたのだ。


母は、真美を見つめ問い掛けてくる。

「あなたも、麻紀と同じだったの？」

その疑問は、母の中ではほとんど確信に近いものだっただろう。真美にたずねるまでもない。どうして、自分が麻紀を殺したことを知っていたのか——。それは麻紀の能力をもっていないと、説明できないことだ。

真美は、答えた。

「もし、同じだったら、どうするの？」

母は、うつむき、真美から視線をそらした。再び、涙を拭った。

「私のことも殺すの？」

——母は答えない。

「私のことを、許してくれる？」

逆に投げかけられたその問いに、真美も答えなかった。

別の質問をした。

「仮に私の生みの母が、魔女の血を引いていたとしたら——。お母さんはそれを根絶やしにしたかったの？」

答えない。

「孫の顔を見たくはないの？」

母は、答えない。

「私は子供を産んだらいけないの？」

決して、答えなかった。

お互い、言いたいこと、たずねたいことは沢山あるのに、想いがすれ違っている——。

黙して語らない母を見つめ、真美は想像した。なぜ真美が健吾の子供を産むことに、母があんなにも反対したのかを。

この血を受け継ぐ新しい子供が——生まれることを望まなかったに違いない。付き合うのも、同棲するのもいいだろう。だが、子供だけは駄目だ。そう母が思っていたとしたら？

でも――母は勝手に真美に婿候補をあてがった。そういった両親の横暴な態度が、真美の反抗心に一層火をつけた。

もし自分が素直に両親の言いなりになり、その男と結婚したら？　子供ができる可能性は、健吾と同じようにあるはずなのに。

真美の頭の中に、不安な想像が湧き上がる。

母は言った。父の方に問題があって、子供ができなかったから養子を貰ったのだと――。

――まさか。

その婿候補も、わざと生殖能力に異常がある男を選んだと？

仮にそうだとしたら、真美の血はそこで終わることになる。母の思い通りの結末になる。

どうしても孫が欲しいというなら、娘に養子をあてがえばいい。母に抵抗などないだろう。

なにせ、自分の娘も養女なのだ――。

勿論、想像に過ぎなかった。妄想と言ってもいい。

だがその可能性がまったくないと言い切ることは、決してできなかった。

この血のために――麻紀は母に殺されたのだから。

「またいつでも帰って来てね」

その母の言葉に、無理に笑顔を返して、真美は実家を後にした。

石畳を門に向かって歩いていると、中川さんによろしく、と言い忘れたことを思い出したが、それだけのために引き返す勇気はなかった。

母のことを告発するつもりはない、と断言したら、それは嘘になる。麻紀の敵《かたき》をとってやりたい、という気持ちもある。だけど——。

母は——肉親だった。血の繋がりがあろうがなかろうが、そんなことは関係ない。家族なのだ。恨んでいないことはない。母が健吾との関係に反対しなければ、あんな異常な状況で子供を産むこともなかったかもしれないのだ。しかし、母に罰を与える資格が、果たして自分にあるのだろうか？　あの辛い告白を彼女がしたことで、もう十分な贖罪になったのではないだろうか？

門まで歩き、振り返り、実家を見上げた。

今度帰って来るのはいつだろう、と考えた。

もし、一生ここに帰ることがなくても、恐らく両親はまた養子を貰うだろう。父の会社はその子に継がせればいい。

門をくぐった。公道に出た。そしてしばらくその場所で立ち尽くした。

これからどこへ行こうか——しばらく考えた。

ふと、向こうからサイレンもけたたましくパトカーがやって来た。思わず身体が硬直する。だがパトカーは真美の前を通り過ぎ、森の方へ向かってゆく。

しばらく走り去るパトカーを眺めていた。

真美は森へ向かうことにした。

車なら十分もかからなかった森への道のりは、徒歩だとちょっとしたウォーキングにふさわしい距離だった。

森へ近づくにつれ人通りが激しくなってくる。間違いない、あの白骨死体が発見されたのだ。やはりあの通報は無駄ではなかったのだ。

森の前には人だかりができていた。勤め人なら会社に、学生なら学校にいる時間帯に、真美のような若者の存在はここでは浮いていた。野次馬達は、そのほとんどが主婦と老人と子供達で構成されていたからだ。だが、ただ場違いというだけで、真美がこの事件に重要な係わりがあるとは誰も思わないだろう。

それにしても、犯人は必ず現場に戻ってくる——とは良く言ったものだ、と思った。

自分の行った作業が果たして予想通りの結果を出したかどうかを確かめずにはいられない。

勿論、やましいことはしていないと自分では思っているが、こうなった経緯を他人に話したって信用されるはずがない。母に証言させたとしても、妄想親子のたわごとだと一蹴されるのが関の山だ。

森への入り口にはテープがはられ野次馬をシャットアウトしている。穴を掘ったあの場所はここから大分距離があるので、そこでどんな現場検証が行われてるのか、窺い知ることはできなかった。

早々に、真美は現場を立ち去った。

現場検証が終わるまでここにいたいという気持ちはあったが、あまり長居をすると怪しまれるかもしれない。

自分がした通報の内容を思い出した。犯行方法はどのようなものだったのか、そして犯人が誰なのか。肝心の被害者の身元が分からなかったのは残念だが、それは警察の捜査力で補えるはずだ。身元が分かれば犯人検挙までそう時間はかからないだろう。一度怪しいと睨《にら》まれて調べられたら、状況証拠だけではなくなんらかの物的証拠だって出てくるに違いない。

そう——やれることはやった。後は犯罪捜査のプロに任せておけばいいこと。

きっと犯人はすぐに捕まるはずだ。

自宅に帰る道すがら、携帯電話にメールが入った。

職場の上司からだった。交通事故で、市ノ瀬由紀が入院したという。

15

病院のロビーに一歩足を踏み入れたその瞬間から、あの緊張感が四方八方から襲ってきた。魔女の血を引くというこの力が、ここは死で溢れた場所だと訴えかける。

昔読んだ本の、ある問題をふと思い出した。簡略化された街の地図がページに載っている。この街の中で一番多くの人が死ぬ場所はどこでしょう?——それが問題だった。

勿論、答えは〝病院〟だ。どうということのない、他愛もないクイズだ。だがその地図の目立つ場所には、交通事故多発の交差点や、死亡者続出の犯罪多発地区などいかにもそれらしい地点が沢山あったので、真美はすっかり騙されて、ぜんぜん見当違いの答えを出してしまったのだ。

地図の隅っこにぽつんと小さく病院と書いてあったって、そんなもの見逃してしまうに決まっている。

「ぼうっと歩いていた私が、いけないんです」

ベッドで由紀は、そう呟くように言った。いつもの明るい彼女がまるで嘘のように、その表情に陰りが見える。

ギブスで固定された右足が痛々しい。サイドテーブルには、十インチもないだろう小さなテレビと、花の生けてある花瓶が置かれている。

「大丈夫、郵便局の方はあなたの分も私が出るから」

「私、クビになっちゃうのかな――。だってきっと、他の人を雇うでしょう？　私の居場所がなくなっちゃう」

不安げに、由紀は呟く。

「そんなことがないように、私がお願いしてあげるから。だから心配しないで」

学校からの帰宅途中に、自転車に乗ったまま乗用車にはねられたのだ。大きな事故だ。足の骨折だけで済んで良かったと言えなくもない。

病室は大部屋だった。他の入院患者は年上ばかりで、由紀と同年代の女性は誰もいない。由紀の友達や家族はとうにここを後にしたらしく、今、彼女の見舞い客は真美一人だけだった。

「だけど、リハビリとかもあるし――」

由紀はまだ不安そうにぼそぼそと愚痴をこぼしている。後悔や自責の念もあるのだろう。

落ち込んでも無理はないなと思う。自分は骨折の経験はないから、身体が不自由になる苦痛はなかなか実感できない。

真美はなにを言えばいいのか分からなくなった。元気出して、と励ますのは簡単だが、そんな無責任な台詞、言われた由紀にしてみればなんの慰めにもならないだろう。

「いろいろ、考え事してたんです。家のことを。だから自転車乗ってるのにぼうっとしてて、角から車が来るのにも気づかなかった」

「え？」

「私んち、おばあちゃんがぼけぼけにボケちゃって、大変だったんです。ご飯食べても、すぐそのこと忘れちゃって、夜中に起き出して冷蔵庫の中のものを漁《あさ》るんです。知らないうちに家を出て行っちゃって、一日中捜し回ったこともあるし、一昨年の暮れの大晦日《おおみそか》なんてスーパーで売ってるお惣菜を勝手に開けて食べちゃったんです。もうお母さん大変で大変で、毎日ため息ばかりついて――」

「そうなの――本当に大変だね。お母さん、お婆さんのお世話で忙しいのに、由紀さんまで怪我しちゃって。ねえ、私になにかできることがあったら言ってよ。私なんて、ただのフリーターなんだから。できる範囲で協力するよ」

「いいえ、いいんです」

「――でも」

「おばあちゃんは、もう、死にましたから。一年前に」

張り詰めていた体中の気力が、一気に弛緩したかのような、そんな気持ちだった。

「みんなおばあちゃんに手を焼いていて、疎《うと》ましく思ってたんです。私はおばあちゃん好きだったから、そんなこと考えもしませんでしたけど。私と二人っきりになると、死にたいなあ早くお迎えが来ないかなって、口癖のように言うんです。その時もボケてたのかな、それとも正気で言ってたのかな」

なぜ、由紀はそんなことを話すのだろう。

「足を滑らせて、家の縁側から落ちたんです。頭を打って、そのまま死んじゃった。学校から帰って来た私が発見しました。私の家族、酷いんですよ。泣いて悲しんでるのは私だけ。お父さんなんて、やっと目の上のたんこぶが取れてくれたなんて言うんですよ。酷いと思いませんか？　自分を産んでくれた人にそんなことを言うんですよ？」

「――そうね」

その真美の力のない返事が期待していたものではなかったのか、それとも話したいことを全部話して気力を使ってしまったのか、由紀はすねたように首を横に向け、真美から視線を逸《そ》らしてしまった。

そして花瓶に生けられた花を、じっと見つめている。

「――お年よりだから、ちょっとしたことでも危険だよね。私の妹も小学校に上がる前に階段から落ちて大怪我したの――。数日間生死の境をさ迷ったんだけど、持ち直して元気になった。だけどそれから一年後に土手から落ちて、頭を打って死んじゃったんだ――」

自分に言うかのごとく、呟いた。

由紀は適当に相槌を打つだけで、真美の話に乗ってこようとする素振りを見せない。あんなに妹のことを聞きたがった彼女とは、まるで別人のようだった。

真美は、窓の外を見つめた。

眼下に広がる、灰色の街が見えた。

ふと、あの夢のことを思い出した。麻紀が出てきた夢。大勢の人達の死で、あの王国は作られていた。きっとあの夢は、この街の暗喩《あんゆ》だ。こうしているうちも、どこかで誰かが死んでいく。誰かの葬儀が執り行われている。誰かが荼毘《だび》にふされて骨になっていく。

死んでいる。

今すぐそこに飛んで行けたら、死者達の気持ちが分かるのに、彼らを救ってやれるかもしれないのに――。そう思った。

何気なく、窓から顔をそむけ、病室の中を見回した。

由紀の真向かいのベッドが、空《から》だった。他のベッドはすべて埋まってしまっているのに。

由紀さん、と真美は声を掛けた。

「——はい？」

「そこのベッドの人は？」

「さあ——私が来た時から、そこは空いてましたから」

そう言って、また由紀はぷいっとそっぽを向いてしまう。

「そこの加藤さんなら、ちょうど市ノ瀬さんが来る前の日に亡くなりましたよ」

とその時、二人の話を聞いていたらしき患者が真美に話し掛けてきた。車椅子に乗っている初老の婦人だった。

「お亡くなりになられたんですか？」

「ええ、ダンプカーにはねられて、全身ぐちゃぐちゃで、助かる望みはあったそうなんですけど、結局駄目で。このベッドで亡くなったんですよ。急に容態が悪化したみたいで、集中治療室に運ぶ暇もなく。だから市ノ瀬さん。あの人に比べたらあなたなんか幸せな方よ。あなたは私と違って若いんだから、傷の治りは早いはずよ。だからがんばんなきゃ」

由紀はこちらを見向きもしない。

真美は、そっと空のベッドに近づいた。

車椅子の婦人によると、加藤、という患者がここで死んだらしい。

ベッドは真新しかった。当然、シーツなどは取り替えたのだろう。だが死のイメージが、このベッドにはこびりついていた。触れなくとも、顔を近づけなくとも、もう、気配だけで分かるようになった。

真美はゆっくりとベッドの上に手を置いた。


苦しい。

薄暗い。

痛い。

なにも見えない。

助けて。

死なせて。

光が欲しい――。


思わずベッドから後ずさる。震える気持ちを抑えて、小さく深呼吸をする。

ごくりと、唾液を飲み込んだ。

周囲を見回す。由紀はそっぽを向いたままだし、車椅子の婦人は新たな話し相手を見つけたようだ。その他の患者も、差し入れのバナナを食べたり、ラジオを聴いたりしている。こちらに注意を向けるような者など誰もいなかった。

死ぬ間際の、その苦痛の思考だけが頭になだれ込んでくる。感じとることができたのは、本能だけだった。わずかな、死の断片だった。きっと、ここにはもう死体がないからだろう。健吾の部屋にしてもそうだ。ドアノブに触れただけだから、具体的なイメージが浮かんでこない。もっとも強く感じられる物は、死体、もしくは犯人の身体だ。そのことに、いったいどういう意味があるのだろうか。

いずれにせよ、この加藤という患者の死体と対面すれば、どんな状況下で事故が起こったのかは、自分には一目瞭然のはずだ。それは確信にも近い考えだった。

「真美さん――」

由紀のか細い声が聞こえた。思わず、元気を出してと言ってしまいそうになるほど、由紀の表情には生気のかけらすらない。

いつも明るく、自分を姉のように慕ってくれる彼女のそんな姿を見て、否応なしに湧き上がってくる哀れみのような感情は否定できなかった。

「どうしたの――？　なにか食べる？　食べたいものがあったら、下の売店で買って来てあげるよ。それとも音楽でも聴く？　本でも持ってくる？　私が持ってるのでよければ、貸してあげるよ」

だが由紀は真美のそんな質問には答えずに、唐突に言った。

「私も、その加藤さんみたいに死んじゃったら、どうしますか？」

「――え？」

「悲しい？　泣いてくれる？　香典沢山出してくれる？」

そんなことを聞く彼女がいじらしかった。

真美は由紀のその問いに答えられなかった。思わず由紀の手を両手で包み込むようにそっと握りしめようとする――だが、思い止まった。

由紀から、なにかを感じたのだ。

もしかして――。

由紀に元気がないのは、当たり前だ。事故にあって怪我をしたのだから。だが今の由紀にはそれ以上の〝暗さ〟が付きまとっているように思えてならない。それは、自分が由紀の身体に染み込んでいる〝死〟を感じ取ったから？

まさか、

由紀も――。

信じたくない。もしそうだとしても、そんなものは知りたくない。

由紀の身体に触れる勇気など今の真美にはとてもなかった。

「――なにを考えているんですか？」

戸惑っている真美の様子を不審に思ったのか、由紀がたずねてきた。

「いえ――別に」

素直に本当のことを告げるわけにはいかない。たとえ由紀が親友だって、こんな話を信じてくれるとは思えない。

「私のこと、暗いなって、思ってるんでしょう？」

「そんなこと、思ってないよ」

洟を小さくすすり、いいんです――と由紀は呟く。

「私、本当は暗い女なんです。それを悟られちゃいけないって思って、いつもはできるだけ明るく振舞っていたんですよ。真美さん、騙されてくれた？」

真美は答えずに、ただ静かに微笑んだ。動揺を気づかれないようにするためでもあった。

由紀は小さく息を吐き、独り言のように呟いた。

「『世界不思議百科』が読みたいな――」

「え？　なに？」

「ほら、真美さんの友達の人が持っていた本、あれ面白そうだったから――」

真美は、高畑和也のことを思い出した。

――そうだ。どうして思い出さなかったのだろう。

彼なら、自分の話を信じてくれるかもしれない。

16

病院を後にし、その道すがら、真美は携帯電話で高畑和也の番号にかけた。

高畑はすぐに出た。

「高畑君？　今、暇？」

『うん、暇だけど。テレビ観てただけ』

「今から、ちょっと出てこれる？」

『いいけど、いったいなんの用だよ』

「あの健吾に返さなくちゃいけない例の本。もう一度私に貸して欲しいの」

『え、どうして？』

「私もちょっと読みたくなって。大丈夫、ちゃんと健吾に返しておくから。それまで私が預かってるっていうことにして」

『ふうん、どういう風の吹き回しだよ。突然、あんな本を読みたいって言い出して、そうかあ、やっとお前も超常現象を信じるようになったのか』

「あのファミレスに来て。晩御飯おごるから、それでちょっとお話しでもしようよ」

『分かった、今すぐ行くよ』

高畑はどこか意気揚々とした声で言った。

友恵が、高畑が自分に気があると言っていたことを思い出した。

誤解させたかな、と考えた。


半袖のフェイクレザーのジャケットを羽織り、いつものジーンズを穿いて高畑が現れた。

「はい、これ」

と上機嫌な様子で高畑は『世界不思議百科』を差し出した。

「ありがと」

メニューをめくり品定めする高畑を尻目に、早速真美は目次を見て『サイコメトリー』のページを開いた。だが、すぐに失望する。『サイコメトリー』の項目は十ページにも満たなかったからだ。分厚い本だが、多種多様な超常現象を取り上げているので広く浅くなるのは仕方がないのかもしれない。

高畑は勝手にウェイトレスを呼んでオーダーした。またビールを注文している。

「で、お前はいったいなんに興味があるの？」

普段高畑の趣味などに興味を示さない真美が、突然熱心にその類の本を読み出したのだ。彼に不審がられるのも当然だった。

しかし、今は外聞に構っている場合ではない。

「サイコメトラーについては詳しく載っていないのね」

「お前がそんなものに興味を持つなんて、いったいどういう風の吹き回しだ？」

思わず、自分がサイコメトラーにも似た素質を持っていると告白してしまいそうになった。

「ちょっとね、小説を書こうと思ってね。健吾に影響されて」

「サイコメトラーが主人公の話？　いきなり変わったテーマの小説書くんだな」

「うん、それで資料を集めてて——」

言いよどみつつも、単刀直入に言った。

「サイコメトラーって本当にいるの？」

その真美の問いに高畑は大真面目な顔をして、ああ、いるさ、と答えた。

「たとえば？」

「沢山いるけど、代表者を一人あげろと言われればオランダのピーター・フルコスとかな」

「そのピーターさんって、有名な人？」

「ああ、レーダーの脳を持った男と言われてるぐらいだぜ。握手をしただけでその相手がイギリスのスパイで、しかも数日後に銃で撃たれるって言い当てたり、殺人事件の被害者のコートに触れただけで犯人が分かったりした。超能力を駆使して、いろんな難事件を解決したんだ」

　まるで今自分の身に起こっていることを言われているようだった。

「ピーターさんが解決した事件の中で、一番有名なのってなに？」

「フルコスは沢山事件を解決してるから、それこそ枚挙に遑《いとま》がないぐらいだ。有名なフルコスの活躍っていったら、オランダで連続放火犯の少年を捕まえたことかな――。いや、やっぱりあれだ。ボストンの連続殺人事件を解決したことだ」

「ボストン？　オランダの人でしょう？」

「アメリカに移住したんだよ。フルコスは世界的に有名な超能力者だぜ。七ヶ国語を操り、グローバルに事件を解決したんだ」

「七ヶ国語も！」

　その真美の声にフルコスへの畏敬の念を感じ取ったのか、まるで高畑は自分のことのように得意気な顔になった。

「六二年からボストンで起こった連続殺人。被害者はみな女性で、手口は共通している。乱暴した後、ストッキングで絞殺するんだ。十三人も殺された」

「酷い事件だね」

「その酷い事件に終止符を打ったのが、他ならぬピーター・フルコスだ。ボストン看護学校の校長宛に送られてきた不審な手紙に触っただけで、その手紙の差出人が犯人だと分かったんだ。そして、そのフルコスの超能力がきっかけとなって犯人は逮捕された。凄い才能だろ！　そんな超能力者が沢山いれば、きっとこの世から犯罪なんかなくなるぜ。あ、もっとも自分の力を使って悪事を働こうって超能力者もきっといるだろうから、結局は同じことなのか。そうだよな、サイコメトリーの能力なんかあったら、恐喝なんかいくらでもやりまくりだ」

その高畑の言葉に、真美は思わず口走った。

「そんなことないわよ」

「え？」

「能力者は、悪事に自分の力を使ったりなんか、しないよ」

「どうして？」

「——どうしてって言われても」

言葉に詰まった。

ただ自分を産んだ実の母のことを——思い出していた。

母の能力を悪事に利用したのは、父だ。母もきっとこの能力を、世のため人のために使おうとしたはずなのだ、きっと。

自分だって、この力を悪いことに使うつもりは微塵もない。そのことだけは、死んだ麻紀に懸けても誓える。

「お前って意外と性善説の信者なんだな。そういうやつが詐欺とかに簡単に引っかかるんだ」

「ほっといてよ。それでそのピーターさんって、生まれた時からそんな能力を持っていたの？」

「それが違うんだな。きっかけは事故なんだ」

「事故なの？」

真美は思わず大きな声を上げてしまう。

高畑は怪訝そうな表情をする。

「事故で超能力が目覚めるのがそんな不思議？」

「ううん——そうじゃないの」

麻紀があんな発作を起こすようになったのは、階段を落ちてからだ。そして自分は出産を経験してから——。

「飛行機の格納庫のペンキを塗っている最中に、梯子《はしご》から足を踏み外して地面に頭をぶつけたんだってさ。その時丁度、三十歳。意識不明で生きるか死ぬかってところだったらしい。でも見事にフルコスは生還したんだ。超能力っていう特典までついて」

生きるか死ぬかの死線をさ迷い、生き残ったことをきっかけに——超能力が目覚めた。

自分と、麻紀と、ピーター・フルコスは、同じだ。

そして今やフルコスは有名人だ。それは多くの人が彼の能力を認めた証だろう。彼の超能力にはそれなりの信憑性《しんぴょうせい》があると考えて間違いはないかもしれない。

自分も、フルコスと同じ能力を——。

「超能力探偵っていうと他にもジェラルド・クロワゼットっていう大物がいるけど——。ああ来た来た」

ウェイトレスが注文した料理を運んでくる。少なくない量だ。いつもだったら奢るんじゃなかったと後悔するところだが、今は違った。そんな些細なことよりも、頭の中には実在したという超能力者の存在が去来する。

「そのジェラルドさんも、ピーターさんと同じような能力を？　沢山の事件を解決したの？」

「ああ、フルコスと同じでオランダ生まれだ。だからフルコスと並べて、オランダが生んだ二大超能力者って呼ばれることも少なくないな。来日してテレビの生番組に出て、行方不明になっていた女の子の死体を見つけたっていう話だぜ。今から二十年以上前のことだけど」

　ジョッキのビールを飲みながら高畑は解説する。

「でも、その人達はどうしてそんな能力を？　高畑君や、それに――」

　真美は、そこで言葉を切り、一瞬考え、

「私にはそんな能力はないのに」

　と言った。

「この世に存在する、生物、非生物問わず、すべての物体にはそれ自体の歴史が刻まれているんだ。つまり、記録だ。幽霊だって記録だという心霊研究家もいる。浮かばれない死に方をした人間は、死の瞬間、必ず強い感情を発する。後悔だとか、憎しみ。死にたくないとか、こんな死に方は嫌だとか、そういった類の感情がファントム、つまり幽霊となりその場所や身につけていた物にレコーディングされ、記録となる。それを読み取るのがサイコメトラーなんだ」

「死体や、殺人だったら殺した犯人に、もっとも強く感情が記録されると思う?」

「ああ、それは考えられるかもしれない。死体は感情の源だし、その感情だってまず自分を殺した犯人に向けられるだろうからな」

いつもだったら、高畑のこんな類の話など、なにを馬鹿なことをと一蹴していたはずだ。しかし今の真美にはそんなことはできそうにない。身につまされる話ばかりだった。

「サイコメトラーだって、別に俺達とどこか違うってわけじゃない。普通の人間なんだろう。ただ針がそっち側にほんの数ミリ振れているだけだ。もしかしたら俺だって、なにかの事故がきっかけでそういう能力に目覚めるかもしれない」

「たとえば、そのきっかけは? やっぱりフルコスみたいに事故にあうしかないの?」

高畑は首を横に振った。

「いいや、信じれば、能力は目覚める。信仰心が奇跡を生むっていう話、世界中にあるだろう? 熱心なキリスト教の信者がその篤い信仰心から、十字架にはりつけられたキリストと同じように掌から血を流す現象が沢山報告されている」

「掌から、血?」

「ああ。ちなみに、キリストは掌じゃなくて手首に釘を打ち込まれたんだって言う研究者もいる。掌だと体重を支えきれないんだそうだ。本当の所はどうだか分からないけど、多くの宗教的なモチーフにおいてキリストが掌に釘を打ち込まれているのは確かだ。だから信者はそのキリストの姿を脳裏に強く思い浮かべる。その想像力だけで、実際に掌から出血するんだってさ。掌だけじゃない。足や、槍で刺された脇腹や、茨の冠を被せられた頭から出血する事例もある。催眠術師が、あなたは火傷《やけど》したんですよ、と暗示をかけるだけで、催眠術にかかりやすい一部の人間は実際に身体に水膨れができる。それと同じだ。病は気からってよく言うだろう？　重要なのは信仰心だ。強く信じる気持ちだ。信じれば、病気だって治るし、身体から血が出るし、未知の能力だって目覚める」

高畑の言葉に相槌を打ちながらも、頭の中では彼の話以外のことに思いを巡らせていた。こんなことを熱心に語る男だ。たとえば社会人の黒木だったら、こうした話は一蹴するだろう。現実的なもの以外に興味を示す暇などないに違いない。

彼だったら、信用してくれるかもしれない。いや、絶対に信用するはずだ。彼が憧れている能力者が、目の前にいるのだ。

真美は呼吸を整えた。

「ねえ、高畑君」

「ん？」

おもむろに、言った。

「もし私がサイコメトラーだったらどうする？」

「えー、お前がー？　そうだなー？」

高畑は腕組みをして真剣に考え込む素振りを見せた。やがて悪戯っ子のように笑い、こんなことを言った。

「お前のことを雑誌に投稿するな。試しにお前にいくつかの事件を解決させて、詳細なデータを作れば信憑性は増すだろ？　きっと少なくない謝礼を貰えるに違いない。毎月連載されれば安定した収入が期待できる。それともフルコスやクロワゼットみたいに超能力探偵になって正義のために悪と闘う？　いやまてまて、芸能活動も悪くないな。芸名をつけて、テレビの特番を作らせるんだ。いずれにしろお前は有名人だ。金儲けできる。俺がマネージャーになって、お前の仕事管理してやるよ」

「あなた、それ本気で言っているの？」

真美は眉間に皺を寄せ、高畑を見つめた。親友だと思っていたのに自分を利用してお金儲けするなんて。テレビに出て見世物になるなど考えただけでもぞっとする。そんなものは願い下げだ。

高畑は怪訝そうな顔をした。

「本気？　本気で言うわけないだろ？　だってお前がサイコメトラーだっていうのは、たとえばの話なんだろ？」

「――それは、そうだけど」

真美は目を伏せた。

高畑はそんな真美のことを穴の開くほど見つめている。

「おい、お前、今日なんか変だぞ。もしかして健吾のことか？　あいつになにかあったのか？」

真美は顔を上げ、少し微笑んで、首を横に振った。

気持ちに整理がつかなかった。いったいどういうつもりで自分がそんな仕草をしたのかも分からなかった。

「高畑君――」

「――なんだ？」

唐突に、思わず、口走った。

「私、サイコメトラーなの」

高畑は目を丸くし、口をぽかんと開けた。

「殺人犯に触るとその人の罪が見えるし、死体に触ると死に至った経緯が見える」

テーブルに置かれた高畑の手に、自分の手を乗せようとして、思い止まった。

「高畑君？　誰か人を殺したことはある？　もしあったとしたら、私はあなたのその罪を感じることができるの。ただ、あなたの身体に触れるだけで――」

遂に言ってしまった。でも、いつかこうなることは分かっていたのだ。

自分一人の胸の内に抑え込んでいて耐えられなかった。誰かに聞いてもらいたかった。でも死者達は一方的に主張をするだけで、決してこちらの話に耳を傾けてはくれない。思えば今日高畑に会おうとした時点で、自分は彼に秘密を打ち明けようと考えていたのかもしれない。サイコメトラーについて詳しい。超能力に理解がある。彼以外の適任者はにわかには思いつかなかった。

高畑の顔をじっと見つめた。調子が良くてオカルト好きの男だが、悪い人間ではない。自分を利用して金儲けするとのさっきの言葉も、あくまでも仮定の話だから、きっとふざけて言っているだけなのだろう。

高畑は――。

しばらく呆けたように真美の顔を見つめ、それから店内をきょろきょろと見回し始めた。

その高畑の突然の行動に、逆に真美の方が呆気に取られた。

「どこかに、誰かいるのか？」

と高畑が言った。

「――え？」

「友恵や田中達がいるのか？　それとも健吾が帰ってきたのか？」

彼がなにを言っているのかが、分からなかった。

高畑は興奮した様子で顔を赤くさせる。今にも立ち上がらんばかりの勢いだ。そしてまくしたてるように話し始めた。

「お前と健吾が別れたって聞いた時、正直嬉しかった。俺にもチャンスが来るかもしれないって、そう思った――。その俺の気持ちに、お前は気づいてたんだろ？　そうだよ、俺はお前が好きだった。そのことを誰から聞いたんだ？　健吾か？　友恵か？　田中兄弟か？　そうやって真剣な顔をしていても、心の底では、お前みたいな男が私を好きになる資格なんかないって、そう思ってるんだろう？　それを思い知らせるために、みんなでぐるになって、俺をからかってやろうっていう魂胆なんだろ？　俺が普段からオカルト本ばかり読んでるからって、馬鹿にしやがって――」

真美は呆然とした。

今の告白で、そんなふうに高畑が思うだなんて想像すらしていなかった。

「――違う」

真美は必死で首を振る。

「なにが違うんだよ！　なにがサイコメトラーだよ！　そんなバケモノの存在を俺が本当に信じていると思っていたのか？」

嘘だ、信じていたはずだ。私にからかわれてると思い込んで、強がってそんなことを言っているだけなんだ。

「超能力者なんて、本の中だけの存在さ。虚構だってことは、俺だって十分分かっている。それなのに、どうしてああいう本ばかり読んでいるかって？　面白いからに決まってるだろ！　ただそれだけだ！　超常現象を信じるなんて単なる冗談だ！　それじゃあ、なにか？」

高畑は、テーブルの上の本を指差して、

「これは健吾が買った本だ。こういう本を読んで楽しんでいる人間は、みな超常現象を信じているっていうのか？　健吾も本気で信じていたと？」

涙が出た。なんとかしてこの誤解を解きたい、そう思った。

「高畑君——」

その手に触れようとする。

「触るなっ」

高畑が手を引く。

後悔が押し寄せた。言わなければ良かったと、心から思った。

「――ごめんなさい」

抑え切れなくなった涙が、一筋だけこぼれた。

その涙で我に返ったように、高畑はおどおどと周囲を見回し始めた。自分達が周囲の客達の目にどう映っているのかを気にしている様子に見えた。

「私が冗談を言っているって思ったんだったら、それでいい。否定なんかしない。でも健吾も、友恵も、田中君達も、ここにはいないよ――。みんなで寄ってたかってあなたのことを笑い者にしようなんて、これっぽっちも考えてない――。それだけは信じて――」

高畑の怒りがだんだんと小さくなってゆくのが、表情で分かった。

彼は怖ず怖ずと口を開いた。

「ごめん――。大きな声を出して、怒鳴って――」

こらえきれず、真美はハンドバッグからハンカチを取り出し、涙を拭いた。

高畑は立ち上がった、テーブルの上の伝票を持って。

「お金、俺が払っておくよ」

――行ってしまうのだ。

怒っても怒鳴ってもいい、だけど一人になるのは嫌――。このまま一人っきりになるくらいだったら、健吾のことは忘れ高畑と付き合ってもいいとすら思った。

でも涙で詰まって声が出てこない。

「さよなら」

そう言い残して、高畑は去っていった。去り際、彼は何度もこちらを見返していた。


部屋に帰ると真っ先に風呂に入った。

いつもより時間をかけて、全身を洗った。しかし身体にこびりついた諸々の死の匂いを落とすことはできなかった。細胞の一片一片の隙間にまで侵食しているかのような、そんな錯覚に陥る。

シャワーの下で、声を上げて泣いた。

風呂場の鏡を覗き込みながら、真美は自問した。私は、いったいどうしたいの？　と。

鏡の中には、真美がいた。それは麻紀でもあった。麻紀であるはずだと強く念じた。死者の気持ちが分かる自分なら、死んだ麻紀の想いを、この鏡に投影できるはずだ——。

成功したかどうかは分からない。

だが自分がそう思い込んでいるのだから、同じことだった。

鏡に映る私は、麻紀だ。

「私はどうすればいいの」

（あなたは、どうしたいの？）

「自分でも自分の気持ちが分からない」

（それはどうしてだと思う？）

「いろんなことがあり過ぎて、それで混乱して――。心の整理がつかないの」

（それは仕方がないよ。私も昔はそうだった。でも、その時期も、もうすぐ終わる）

「――どうして、そんなことが分かるの？」

（自分の力を、自分の運命を受け入れることができれば、道は開ける。自分で自由に選択することができる。人にはそれぞれ違う力があって、あなたの持っている力は、高畑君とも黒木妙子とも健吾とも違う力なの。勿論、私とも。それを自覚して、自分のやるべきことを見つければ、毎日の目覚めもすがすがしいものになる。だから――）


だから。

この力を使ってなすべきこと。

夜のニュースで、真美が掘り出した白骨死体の一件が報じられていた。結構大きなトピックのようだ。この分なら、明日の朝のワイドショーでも放送するだろう。

世間の人から見たら、不思議な事件に違いない。誰かが何年もの間土の中に埋まっていた死体を掘り出し、警察に通報した。その人物は未だ名乗り出ていない。

この能力が世間に知れたら——そう思うとぞっとする。きっと高畑が言った通り、自分を見世物にして金儲けするために、有《う》象《ぞう》無《む》象《ぞう》の人々が現れ気の休まる間もないだろう。

真美は期待してテレビを観続けた。もし身元が判明すれば、事件は解決したようなものだ。犯人は、彼の弟なのだから。

しかし真美の期待とは裏腹に、捜査状況は芳しくないようだ。

まだ一昨日のことだから、捜査に進展がないのは仕方がないとは言える。だが白骨化した死体から死因を特定するのは思いのほか難しいようだ。頭蓋骨に陥没した痕があるから、殺された可能性が高いが、まだ断定はできないとキャスターは言っている。断定はできない？

馬鹿なことを。

彼は間違いなく、殺されたのだ。弟に、殺されたのだ。

だがそれを証明する手立てはない。口にした所で、妄想だ、の一言で片付けられてしまうだろう。悪ければ病院送りだ。あれは妄想なんかじゃない。私は確かにあの森から、死体を見つけ出したのだ——。

その時真美は、更に悪いことに思い当たった。

どうして今まで気づかなかったのだろう。麻紀はあそこに死体があることを、生前すでに口にしていた。あの言葉が嘘やでたらめだなどとは、今ではとても思えない。幼き頃の真美もそこにいた。つまり、その時すでに彼は殺されてあの場所に埋められていたということだ。

——ということは。

少なくとも死後、十五年以上は経っている——？

絶望感が身体をさいなんだ。殺人の時効は十五年だったはずだ。たとえ被害者の弟を告発しても、罪を立証することは不可能なのだ。

せっかく、苦労して掘り出してあげたのに。警察に通報までしたのに。自分はその敵をとってやれないのだ。

絶望した。

私はなんて無力なのだろう。

この力を友達に信じてもらうことすら、できない。

なのに、いったい、なんのためにこんな力が——？

明日のバイトに備えて早めに寝ようとベッドの中で眼を閉じた。だがいろいろな考えが頭の中に去来して、寝付かれなかった。掘り出した死体のことは忘れよう、そう思った。法的に罰することはできそうにない。第一、被害者がどこの誰だかすら分からないのだ。犯人が彼の弟ということが分かっても、それだけではまるで雲をつかむような話だ。

——忘れよう。

真美は小さく息を吐いた。

明日の目覚めは、爽《さわ》やかなものになるだろうか。

目をつぶった。市ノ瀬由紀のことを思った。

慣れないベッドで、あの子も今頃こんな気持ちなのだろうか。

その時、携帯電話が鳴った。突然の着信音に、思わず身体が硬直した。

こんな夜に誰だろうと訝しみながら、電気スタンドをつけ、携帯を手にした。

黒木妙子からだった。

出ようか出るまいか一瞬、躊躇した。嫉妬の対象の女性だ。だが無視するわけにはいかなかった。親しくしているとは言い難い彼女が、こんな時間に電話をかけてくるのだから、きっと緊急の要件に違いない。

もしかして健吾が——？

真美は電話に出た。
「はい、もしもし――」
真美のその声は消え入るように小さくなる。電話の向こうの異変に気づいたからだ。
黒木は、泣いていた。
すすり泣き、しゃくりあげ、嗚咽《おえつ》を堪えている。
「もしもし、どうしたんですか？　黒木さん」
『櫻井さん――』
今にも死にそうな声で、黒木は言った。
『さっきまで――会って来たんです』
分からなかった。いったい、黒木がなにを言いたいのかが。
「誰と、会って来たんです？」
黒木は一拍ほど置き、
『――杉山と』
と言った。
杉山――。
嫌な予感が、全身を走った。

問い質そうとする前に、黒木が口を開いた。

『殺してしまったかもしれないって』

時間が止まった。呼吸することすら忘れた。

——ああ。

黒木のように慟哭はしなかった、ただ静かに涙がこぼれた。震える心を悟られないように、努めて落ち着いた声を出した。

「今、杉山はどこにいるんですか」

『分かりません——。今日、帰宅したら部屋の前で、杉山が座り込んでいました。私の帰りを待っていたんです。もう黙っていることに耐えられなくなったと杉山は言いました。でも家に入れることはできませんでした。分かるでしょう？　そんなことをしたら、何をされるか分からなかったから。だからマンションの前の通りで話をしました。少なくとも、二人っきりの室内よりは安全だと思ったんです』

「殺した、と断言したんですか？　嘘をついているって可能性はないんですか？」

『私、杉山と付き合っていたんです。彼がどんな気持ちの時に、どんな表情をするのか、大体分かっているつもりです。演技ができるほど狡猾《こうかつ》な男でもありません。あの日、杉山は石井さんの部屋を訪れたそうです。石井さんに身を引くよう説得するためです。杉山はまだ私に未練がありましたから。石井さんは純粋な人だから、無用心に彼を部屋にあげてしまった。それで口論になった。いや、一方的に杉山が石井さんを責めたてたそうです。カッとなった彼は、石井さんの顔を何度も殴り、テーブルの角に頭を打ち付け、首を絞めた』

首を、絞めた。

携帯電話を持つ手が、ぶるぶると震え出した。握りしめるのに必死だった。

『気づいた時、石井さんはぐったりとして動かなくなっていました——』

まるで、自分が殺したかのように黒木は語る。

『だから、彼は逃げ出したんです。石井さんのポケットから、部屋の鍵を見つけて、施錠して逃走した』

嗚咽がこぼれそうになるのを必死で堪えた。

「でも、でも——」

真美は必死で抵抗を試みる。

「隣の部屋の遠藤さんが、石井さんは長崎に行ったと言っていました——」

『そうです——。実際行ったんだと思います。でも櫻井さん、石井さんが遠藤さんに旅行に行くと伝えたのは、具体的に何月何日のことですか？』

「そんなことは——とても分かりません」

身体の細胞の一片一片に、なにかが侵入するのを感じる。苦痛、後悔、慙愧《ざんき》、怨念、そんなもろもろの感情が一体となって、真美の身体を内側から突き崩していく。

心の中で、妹に呼びかけた。

――麻紀。

私を、助けて。

『でも、あんな杉山にも良心ってものが人並みにあったみたいです。私、明日彼の部屋に行って、それから杉山の自首に付き合おうと思います――』

自分の無力さを感じて、押し潰されそうになる。こんな力を持っているくせに、死者の敵を取ることすらできないのだ。あの白骨死体然《しか》り、健吾然り。彼の部屋で誰かが死んでいることは確信していたのに。躊躇せずに、窓を叩き割ってでも中に入るべきだったのだ。そうすれば、黒木妙子より先に――。

はっとした。

こんな時にまで、自分は黒木妙子に嫉妬しているのだ。

まだ健吾に未練があった。

黒木妙子よりも、誰よりも、自分が健吾のすべてを独占したい。その死さえも――。

そう思っていた自分に気づく。

そしてきっと、健吾と黒木妙子の破局を、私は望んでいるのだろう。健吾とは二度と会えないが、他の女のものになることもない。

健吾が殺されていたとしたら、二人の関係には終止符が打たれる。健吾とは二度と会えないが、他の女のものになることもない。

二人の仲が引き裂かれればいい、不幸になればいい。

心の奥底では、そう願っているに違いない。

二人に対する嫉妬。

くだらない。

なにもかも嫌になる。

「――どうして」

『――え?』

「どうして、杉山なんていう男と付き合ったりしたんですか?」

今更こんなことを言ってみたところでどうしようもないということは、自分でも良く分かっていた。でも、言わずにはいられなかった。

「あなたが杉山と付き合わなかったら、健吾は殺されずに済んだんですよ?」

『――ごめんなさい』

洟をすすりながら、黒木は謝罪の言葉を呟いた。無茶を言っているのは分かっていた。黒木だって口では謝りながらも、心の奥では、こんなことを言われる筋合いはないと思っているに違いない。その通りだ――。

「ごめんなさい――変なこと言ってしまって」

『――いえ』

「杉山のなにに――惹かれたんですか。見た目の格好が良かったからですか？　それとも性格が自分とあったから？」

『性格や外見というよりも――その才能でしょうか』

――才能？

『まだ櫻井さんには言っていませんでしたっけ？　私、杉山の担当編集者だったんです』

思わず呼吸が止まった。この会話で二度目のことだった。殺してしまった、という台詞の次にショックを受けた。杉山の担当編集者、そんな言葉が彼女の口から出るとは思わなかった。そしてその言葉が、なぜ自分をこんなにも混乱させるのだろう。

真美がその理由を考えているうちにも、黒木は言葉を続ける。

『杉山純《じゅん》っていう作家をご存知じゃありません？』

「――いいえ」

『そうですか。仕方ないかな――。デビュー作は賞を取って結構話題になったんですけど、二作目、三作目と書いているうちにどんどん売り上げが落ちてって、本人もスランプ気味になって。ここ数年は筆を折ったのと同じ状況ですね。作品を執筆している様子はないですし』

震える声を押し殺して、たずねた。

「――石井さんの方は、作家としての見込みはあるんですか」

『ええ。初めて、石井さんの原稿を読んだ時、私、興奮しちゃって、この人は才能あるなって、そう思って――』

黒木はあれやこれや一人でしゃべっているが、ほとんど真美の耳には入らなかった。もう嫌だった。早く通話を切りたかった。

『そんなことより、明日、櫻井さんも一緒に石井さんの部屋に行きますか？』

「いいえ」

即答した。

「明日は、バイトがありますから」

『――そうですか』

「じゃあ、私――」

『え？』

「明日早いですから、これで。失礼します」

黒木の返事を待たずに、電話を切った。

黒木妙子という女性の正体を、真美は知っていたのだ。唇を嚙んだ。

結局彼女にとって、人格などどうでも良かったのだ。目に映るのはその才能だけ。きっと才能のある男なら、誰彼構わずベッドを共にするのだ。才能、本の売り上げ、つまり金だ。

もし健吾がデビューしたとしても、作品が思ったほど評価されなかったら？　きっと黒木はすぐに健吾を捨てるだろう。そしてまた別の才能ある男に乗り換えるのだ。その挙句健吾は杉山の二の舞になる。

最悪だ。

すべては自分の仕事の成績を上げるため。そのために健吾に死んでもらっては困るというわけだ。だから黒木はあんなにも健吾の身を案じ、涙を流したのだ。将来金づるになる男がいなくなってしまったのかもしれないから――。

真美は泣いた。暗闇の中、枕を濡らした。自分は健吾のことを確かに心の底から愛していた。それでも黒木に勝つことはできないのだ。彼女の方が美人で何より長い間社会に出て働いている。収入だって比較にならないだろう。だらだらとフリーターを続けている自分とは大違いだ。もし誰よりも深く健吾を愛していることが証明できたとしても、健吾は黒木を選ぶに決まっている。

暗闇の中、涙に暮れながら、一人自嘲した。

別れた男のことを、未だこんなに想っている自分が、嫌になる。

17

今までは、休みをとったり、仕事の日程を変えてもらうことはそれほど難しくはなかったが、由紀が入院したおかげでそうもいかなくなった。だが仕方ない。今まで通りの仕事を続ければいいだけの話だから、大した問題はなかった。

翌日、郵便局のバイトを終えた後、真美は渋谷に出かけた。

バッグの中には、昨日高畑に借りた『世界不思議百科』が入れっぱなしになっている。決して軽くはない本だが、健吾の持ち物だ。この本自体からはなにも感じないが、ほんのわずかでも健吾の感情が記録されているかもしれない。真美にとってこの本は彼の形見のようなものだった。

仕事をしている最中にも、今頃、黒木は健吾の死体を発見し警察に通報しているのだろうか、と考えて、ついつい上の空になってしまう。

もしなにか進展があれば黒木が携帯に電話してくれる——そんな希望も微かにある。しかし昨夜、ぶっきらぼうに通話を切ってしまったせいで、もしかしたら悪い印象を彼女に与えてしまったかもしれない。そうだとしたら、真っ先に自分に連絡をくれるなどというのは望み薄だろう。第一、向こうは混乱してそれどころではないかもしれないのだ。

渋谷は相変わらず人が多かった。真美は人ごみの中に来たかったのだ。

怖いもの見たさ——自分はどこまで能力を発揮できるのか、試してみたかった。

人の波に揺られながら、横断歩道を渡る。人々が次から次へと真美の隣をすれ違う。肩や手が触れ合う。向こうから来る女性の髪が目の前でなびく。真美は雑踏の中をあてもなく歩いていた。

噎《む》せ返るような〝予感〟がこの街には満ちていた。いや、新宿だって原宿だって、人が多い場所ならどこでも同じような気持ちになるだろう。今、この街のどこかに、他人の死に係わった人物がいる。それも一人や二人ではない。

日本の全人口約一億二千万人。その中で、未だ逮捕されていない殺人犯は何人いるだろう。そんなことを真美はぼんやりと考える。

健吾とこの街で過ごした日々を思い出していた。タワーレコードでＣｏｃｃｏのＣＤを買ってもらった。Ｂｕｎｋａｍｕｒａでジョニー・デップの映画を観て、アディエマスのコンサートに行った。丸井で象がプリントされた可愛いピンクのＴシャツをプレゼントされた。懐かしい日々だった。もう決して戻ることはない。

センター街に足を踏み入れた。こちらに向かって次から次へと人々が歩いてくる。男、女、若者、老人。文字通り老若男女。国籍だって混沌としている。この街から足音が途絶えることはないのだろう。

東急ハンズの前で、茶髪でスーツ姿のホスト風の男に声をかけられる。ねえちょっと——って雑誌知ってる？　あそこのモデルを探してるんだけど、ちょっと話、いいかな？ねえ、そんなに急がないで、ちょっと待ってよ。僕の話を聞いてよ、五分だけ！

真美は無視を決め込み、歩を緩めない。この異様な気分が、彼女の気持ちを苛立《いらだ》たせていた。肌があわ立ち、視界は透き通り、憎しみは溶けて流れ出す。それがこの男から感じているのか、他の誰かが感じさせているのか、それともこの街全体から感じ取っているのか、今の真美には分からない。

でも、先を急ぐ真美の顔を覗き込むようにしつこく迫ってくる男が、不愉快だった。

「ねえ、ちょっと待って——」

男の手が、肩に触れた。

その感触。

逆上した、殺意がほとばしった。

「私に、触らないで！」

男の顔を睨みつけ、真美は叫んだ。

彼は真美がいきなり怒り出したその理由が分からず、惚けたようにぽかんと口を開け、静かになった。

その一瞬、我に返る。周囲の気配を横目でうかがう。何事かとこちらを見つめている人々もいるが、大半はせかせかと忙しそうに歩いている。

真美は顔をそむけて、再び、多くの人々と同じように足早に歩き出した。男はもう追っては来なかった。真美の瞳は道の前方を見つめているが、そのほとんどの情報は認識されない。ただ反射的に、人々を避け道なりに歩いて行くだけ。

頭の中では極彩色の感情が渦巻いている。健吾と別れて、寂しかった。黒木に彼を取られ、悔しかった。麻紀に会いたかった。空想の遊びではなく、本当に彼女の話を聞きたかった。

どうして死者の気持ちは分かるのに、彼らとコミュニケーションを取ることができないのだろう。麻紀は突然こんな能力を授かって、いったいなにを思ったのだろう。そして、この能力をどんなふうに使ったのだろう。今すぐ麻紀と会って、それを聞きたかった。麻紀がいるあの場所へ——行ってみたかった。

その時――。

誰かと、激しく肩がぶつかった。

「あ、すいません」

と、その男は言った――。


私は家路を急いでいる。

家にはお腹をすかせて待っている子供達がいるのだ。

自転車の籠《かご》にはさっきスーパーで買った食材が入っている。

閉店間際だったからほとんどが通常料金の数割引きで買えた。

辺りは薄暗い。

決して広くはない道。

通行人と接触しないように気を配りながら、慎重にペダルを漕いだ。

でも、自転車にはライトが灯っている。

きっと、向こうからこちらに気づいて避けてくれるはずだ。

正面に横断歩道が見えてきた。

そこを渡って次の角を右に曲がれば、我が家はすぐそこだ。

信号機は〝赤〟を示していた。

私はブレーキをかけようとハンドルを握った手に力を込める。

その時、信号が〝青〟に変わった。

私は安心して、力を込めた手を緩めた。

スピードをあげてペダルを漕ぐ。

そして、横断歩道に差し掛かったその瞬間。

いったいなにが起こったのか、分からなかった。

突然空高く放り投げられ、そのまま地面に叩きつけられた。

四肢がばらばらになってしまいそうな衝撃。

夜空が見えた。

車から誰かが降りてくる音がした。

そして足音がゆっくりこちらに近づいてくる。

そちらの方を向きたいのに、なぜだか身体が動かない。

男が、顔を覗き込む。頭が薄くなった、中年の男性だった。

彼はしばらく周囲とこちらを交互に見やっていたが、やがて小走りに向こうに消えていった。

そして車が走り出す音がした。

まるで、この世界で一人だけになったような気分だった。

ぶつかった衝撃で、身体が前によろめいた。そしてそのまま店舗のショーウィンドーに手をつく。肩で息をする。やはりこんな所に来るべきじゃなかったのだ。早く家に帰って、このまま泥のように眠りたい。

だが真美は力を振り絞って、後ろを振り向いた。

見知らぬ、人、人、人。

「待って！」

真美は叫んで、男の向かった方向に早足で歩いた。だが見つからない。

男とぶつかった時、下を向いて歩いていたから、男の顔は見ていない。〝力〟が見せた彼の姿にしても、周囲は薄暗かったので、中年風の男ということしか分からない。服装だって今は違うだろう——それでも真美は必死で辺りを捜し回った。でも、見失った。

人波を縫って、力なく駅前まで歩いた。せかせかと歩く人々の身体の一部が、のろのろと歩く真美の身体に触れる。だがあの光景は、見えてはこない。

もう見なくていい——心の中で叫んだ。

人々の存在が、恐怖だった。

今までは目の前の通行人達に一々気を配ったりはしなかった。自分にとって他人とは、風景の一部、景色の要素に過ぎなかった。それが当たり前だと思って今までずっと生きてきた。でも、そんな日常は、もう失われてしまったのだ。

今の自分にとって、周囲の人々は決して風景や景色ではない。誰も彼もが、死者の触媒の可能性があった。それは残酷な事実に他ならなかった。

世界は変わってしまった。自分以外の人間は、みな特別な存在になってしまった。彼らに取り憑く死者が、時折こちらにメッセージを送ってくる。だが自分はどうしてやることもできない。死者の願いをどう処理すればいいのかが分からない。自分は無力だ。狼の前の羊と同じだった。

どうにもできない。

死で彩られた物語を一方的に送ってくる人々は、恐怖に他ならなかった。自分はなにも行動を起こせない。告発すらできない。現実を変えることは、できない。自分が関与して変えることのできないものは、親や歴史と同じように、ただそこにあって当たり前のものに過ぎない。そんなものの前では、自分の無力さを噛み締め、ただうちひしがれるしかないのだ。

どうして自分だけが、こんな能力を？

ハリウッド映画のように、悪人を退治して、正義の味方を気取ろうなんて思ったことはない。だけど、自分には分かるのだ。殺された人々の、痛み、苦しみ、その無念さが、まるで自分のことのように。それなのに、恨みを晴らしてやれないなんて——。自分が生きている価値すらないように思える。

いったい、どうしたらいいのだろう。麻紀はこの気持ちを、いったい、どうやって克服したのだろう。

麻紀は、もしかしたらこんなことで悩んだりはしなかったのかもしれない。彼女は幼くして死んだ。自分の能力の意味、死という概念。そんなものを抱く前に妹はこの世を去ったのかもしれない。

——お母さん。

心の中で、そう呼びかけてみる。

自分をここまで育ててくれた、慣れ親しんだ母ではなく。ヤクザまがいの父親に監禁されて、自分たちを産んで死んだ、生みの母だ。顔も知らない、母。そのぬくもりを覚えるには、あまりにも早く彼女はこの世を去ってしまった。

自分と麻紀は、母の血を受けついでいるという。魔女の血だ。魔女――あまりにも忌まわしい、その言葉の響き。

でも、もし生まれた時代や場所が違ったら、もしかしたらこの能力も神聖なものとして崇《あが》め祭られたかもしれない。ジャンヌ・ダルクだって、聖女として戦ったけど、最後には魔女として火あぶりにされた。母だって、この能力を正しく使おうとしたのだろう。しかし、結局は父に利用され、自分達を産んで、そして死んだ。

母は、独りぼっちで自分と麻紀を産んで、死んだのだ。その恐怖が、苦しみが、痛いほど分かる。自分には健吾がついていてくれた。父親となる男性が。でも母には、それすらいなかったのだ。本当に独りぼっちだったのだ。

それでも、母は一人でやり遂げた。自分の命を犠牲にして二人の子供を産んだのだ。そのことを考えると体が震えるほどの畏怖と尊敬の念を覚える。母にできたことが、私にはできなかった。子供にも、母にも、申し訳なかった。私は、彼女の命を犠牲にして生まれた子供なのに――。

涙がこぼれた。掌で拭った。人々はいなくならない。力が見せるどす黒い〝予感〟も消えることはない。この世界で独りぼっちになりたい。私だけになりたい。私のためだけに地球が回って欲しい。あんなに愛し合った健吾とも別れてしまった。だからもう恋人なんかいらない。きっとまた別れてしまうから。友達も、親友も、仲間も、欲しくない。恋も、夢も、愛も、欲しくない。自分という存在が、ただそこにいればいい。

だけど、世界は変わらない。

果てしなく広大な世界を前にしては、たとえこんな〝力〟を持っていても、自分は酷くちっぽけな存在に過ぎなかった。

――羊だ。

うさぎだ。ねずみだ。子猫だ。

あてもなく歩き、気がつくと、目の前にハチ公の像があった。周囲を見回した。ここにも人が溢れている。時計を気にし、携帯電話で話し、誰かを待っている。

植え込みを取り囲むように設置されている金属のパイプでできた腰を掛けるスペースに、人々が座っている。空いている場所を見つけ、真美も座った。

身体の力を抜いた。

(――麻紀)

声に出さずに、口の中でそっと呟いてみる。

――あなたはどうしたいの？

そう、自分に呼びかける麻紀の声を頭に思い浮かべる。

（どうしたらいいのか分からない）

——大丈夫、あなたはやり遂げることができる。

（なにを？）

——《力》よ。それはお母さんが私たちにくれた贈り物。それを使いこなすことが、私たちの定めなの。

（私にはできない）

——私はもう死んだ。私はきっと、あなたよりも早く力が目覚めてしまった。だからそれを使いこなす前に死んだの。あなたは私と違うはず。私よりも、もっと上手にこの力を——。

（——麻紀）

——怖がらないで、最初っから上手くできる人なんていやしないから。あなたは、この世の誰よりも特別な存在。きっとこの血はあなたで最後。あなたが最後の女なの。だから——

——。


目を見開いた。思わず顔を上げて空を見た。

予感がした。今までとは比べ物にならないほど強い、予感だ。悪意が、殺意が、ほとばしっている。辺りを見回す。人々に変わった様子はない。楽しそうにおしゃべりをし、せかせかと歩き、退屈そうに誰かを待っている。目を閉じたかった、耳をふさぎたかった。でも身体が動かない。

どうしてみんな気づかないのだろう！　正真正銘の悪魔がすぐそばにいるのに！

鼓動が高鳴る。思わず周囲に気を配る。

――ああ。

すぐ、そこにいる。

とてつもなく強烈な予感だった。今まで感じてきたそれとはとても比べ物にならない。

そして、それはだんだんこちらに近づいてくる。恐怖で意識が遠のきそうになるのを、両手を力の限り握りしめて堪える。

――迷う必要なんかなかった。

これが自分の運命なのだ。

この能力を持っている限り、死が、悪が、向こうの方からやって来る。それは決して避けようのない状況。自分で選択できるのは、それからに過ぎないのだ。

夜の街灯に蛾が群がるように、悪と立ち向かおうとする心が、逆に悪を呼び寄せることに、今、初めて気づいた。

ゆっくりと顔を下に向けた。
見えるのは、灰色の地面。自分が穿いているジーンズと、黒のヒール。
瞳を一度閉じ、
そして再び開いた。
灰色のブーツが、
黒のヒールに向き合うようにそこに存在していた。

「ねえ、今、暇?」


頭上から降ってきた、その声。

真美はゆっくりと視線をあげる。

黒っぽいズボンにシャツ。その上に赤茶色のレザージャケットを羽織っている。高畑が着ているような安物ではなさそうだ。夏に着るには、ほんの少し暑苦しそうな服。化粧したら女性としても通用しそうな整った顔立ち。指通りの良さそうな美しい髪。

悪魔が、そこにいた。

「待ち合わせしてるの？　でもその様子じゃすっぽかされちゃったみたいだね。ねえ、僕とちょっと付き合わない？」

悪魔はだいぶ前から、こちらをうかがっていたらしい。それまで真美の能力に引っかからなかったことから考えると、ここから離れた場所にいたのだろう。

この男が悪魔だということは分かる、でも見えない。

真美はゆっくりと手を差し出した。

悪魔の表情が変わった。こちらを警戒するような顔つきになった。

真美は、言った。

「私と、握手しましょう。そうしたら考えてあげる」

悪魔は、微笑んだ。

「いいよ」

そう言って、こちらに手を差し出し、真美の手をゆっくりと握った。

その時真美がいた場所は、渋谷ではなかった。この世の、地獄だった。

「ねえ、今、時間空いてる？」

私はその男について行った。暇だったからだ。

「お姉さん、僕と、遊びませんか？」

軽薄そうな男だったけど、好みのタイプだった。

「ねえ、僕とどっか行こうよ」

彼と別れたばかりで気持ちがむしゃくしゃしてて——。

「僕が、どこにでも連れて行ってあげる」

私はただ、いつものように彼について行っただけ——。

「僕の家行こうぜ。近いんだ。チェックアウトの時間とか気にしなくていいから、ホテルよりいいだろう？」

彼はおしゃべりも上手だった。彼と二人のドライブはとても楽しかった。
彼の家は、一軒家だった。庭と、ガレージがあった。
階段を上った。ミシミシと音が鳴った。
部屋に入るまで、彼は優しかった。
だけど、部屋のドアを潜った途端、私は絶望の淵に叩き込まれた。

赤い。
真っ赤な。
血が。
私の血が。

ここは、彼の部屋だ。
彼はビデオカメラ片手に笑っていた。
私を撮っているのだ。
後悔に泣きわめく、私を。

遊んでばかりいるんじゃないってお父さんは毎日言っていた。
私はそんなお父さんに反抗した。良く喧嘩もした。
でも、お父さんは正しかった。
その言い付けを守れば良かったと初めて思った。

掌に包丁を突き刺し、私をはりつけにした。
十字架にかけられた殉教者のように。
昆虫採集の蝶のように。
私は動けなかった。

戸棚から、彼はコレクションを次々に取り出した。
ガラスビンに入れられた、内臓のようなもの。
死体の写真。
今から私も、それらの一部になる。

ビデオを見せられた。
ブラウン管の中の女の子は、もう人の形をしていなかった。
それでもその女の子は、まだ、生きていた。
血の海の中を、蠢《うごめ》いていた。

私は失禁した。
生暖かい感覚に、下半身が包まれた。
漏らしたことなんて、幼稚園以来だ。

私の手の指が、部屋中に散らばっている。
もうピアノは弾けない。
決して、弾けないのだ。

彼は抉り出した私の右目を持って笑っている。
その光景を、私は残った左目で見ている。
左目は右目を見ているのに。

右目は私の身体から引き離されてしまっているからもう左目を見ることができなくて。

痛い。
苦しい。
助けて。
お父さん。

男は私に覆い被さって腰を動かしながら、私のお腹に包丁を突き立てた。
引き抜いて、傷口に手を突っ込んでぐちゃぐちゃにかき回した。
あまりにも酷い痛みに、私は発狂した。
切断された私の親指を持ち上げて、彼はペンチで爪をめりめりとはがし始めた。
もう私の身体から離れていった指なのに、私はその痛みを確かに感じることができた。
私の体から内臓と血がこんなにいっぱい出るなんて、思ってもみなかった。
でも、私はまだ、生きている。

私は絶叫した。

私の右目を返して。

お願いだから。


男はずっと笑っていた。

そして私に、言った。

「君はもう死んでいるんだよ」


地獄は、この世にあった。彼の部屋だった。

18

真美は思わず、彼の手を振り解いた。苦痛や後悔が極限にまで達すると、身体より先に心が死ぬことを思い知った。それも一人だけではない。少なくない女性の悲鳴が身体の中に波のように押し寄せてくる。

真美は問い掛けた。

「あなたは、誰？」

「――――っていうんだ」

と彼は答えた――――。

悪魔の、名前だった。

19

真美は立ち上がった。逃げ出したい気持ちを、必死で抑えて。

頭の中で交番の場所を確認した。だが、彼はまだなにもしていない。今、ここで、彼を逮捕することなど不可能だ。

彼を激情させて暴力を振るわせれば、被害を訴えることができるかもしれない。だけど、それでは駄目なのだ。少なくとも、家宅捜査されるぐらいの重罪を犯させなければ。きっと殺人現場の彼の部屋には、殺人の証拠が残っているに違いない。ビデオや、写真。もしかしたら死体の一部も。別件逮捕をさせた上で、その証拠を警察に見つけさせるにはどうしたらいい？――――にわかには思いつかない。

やはり、彼の殺人を公にして、その罪で逮捕させなければ。あまりにも残虐な殺人事件だ。世論を大きく動かす話題になり、決して軽い刑では済まないだろう。死刑という可能性も十分ありうる。いや、そうならなければおかしい。今の日本には終身刑はない。十数年後には出てくる可能性がある。更生の余地などどこにもないだろう。この悪魔を、社会から完全に抹殺するためには死刑しかない。

だが司法が、必ず自分が望む通りの判決を出すとは言い切れないのだ。

――私がこの手で殺せばいいの？

でも、どうやって？　相手は男だ、まともに歯向かってもどうにかできる相手ではない。

――どうしよう。

「ねえ、なに考えてるの？」

と悪魔はへらへらと笑いながら、真美の顔を覗き込んだ。

――こうやって女の子を自分の部屋に連れ込んで、殺して陵辱するのだ。

震える声を抑えて、真美は言った。

「私で、何人目？」

悪魔は、それはどういう意味だ？　と問い返すこともせずに、にやりと笑って答えた。

「五人目だよ」

今日この街で声をかけた数？　それとも今まで殺した数？

「私をどこに、連れて行くつもりなの？」

「どこでもいいさ。とりあえず、お茶でも飲む？」

——こうやって女の子の警戒心を緩めてから、自分の部屋に連れ込むのだ。

地獄へ——。

「——お茶を飲んで、それからどこに連れて行くの？」

「どこに行きたい？」

「あなたの家に——連れて行くつもり？」

悪魔は笑った。

図星だ。

「——どうして、そう思うの？」

どうしても、なにも、
私には見えるのだ。

ここで今、この男は殺人者だと大きな声で叫んだら、いったい彼はどんな反応をするのだろう。

「僕の家でもいいさ、面白いもの見せてあげるから」

面白いもの。

証拠となり得る、犯行の一部始終を撮影したビデオ、そして写真。彼の言うままについて行ったら、自分もその〝面白いもの〟の一部になることは目に見えていた。

だが、このまま悪魔を黙って見逃すことなど、できはしない。

「――どうやって、あなたの家まで行くの？　ひょっとして車？」

彼の誘いに興味を示す真美の態度を見て、悪魔は脈ありと感じたようだ。自分の犯行がすでに見透かされているなどとは夢にも思っていないだろう。

「ごめん、今日は車じゃないんだ」

うつむき、目を閉じた。幻視した光景の中の女性も、彼が運転する車の助手席に座っていた。一度乗り込ませてしまえば、途中で気が変わった女の子が逃げ出す可能性も低くなる。そのまま彼の家に連れ込まれてお終《しま》いだ。

もし彼が車で来ているんだったら、今日はあきらめて逃げ帰ろうと思っていた。こんな能力を持っていても、やはり自分の命は惜しいのだ。悪魔と戦う勇気もない。彼に見つめられているだけで、恐怖だった。身体の震えを抑えるだけで、精一杯だった。

――どうしよう。

考え込む真美の様子を見て、悪魔は言った。

「じゃ、タクシーで行こうぜ」

「それは駄目！」

思わず叫んだ。運転手はいるが、それでも狭い空間で彼と一緒にいることになるのは変わらない。他に乗客が大勢いる電車やバスなどの公共交通機関でなければ、とても不安だった。

悪魔は真美を見て笑った。彼は笑ってばかりだ。きっと殺す時もこうなのだろう。

「君って、面白いね」

と、悪魔が言った——。

念のため、たずねてみた。

「——あなたの部屋に行って、私になにをするつもり？」

悪魔はこちらに顔を近づけて、小声で言った。

「野暮なこと聞かないでよ。分かってるだろ？」

真美も、言った。

「ええ」

悪魔の顔をしっかりと見つめて。

「分かってるわ」

20

山手線のホームへと男は向かった。真美もその後をついて行く。

時折男は後ろを振り返り、真美がそこにいるのを確かめている。

「それにしても、君って変わってるね」

「――どうして?」

「こんなふうに、ナンパされてついて来るのに、ずっと黙っててさ。もっと明るくなりなよ。おしゃべりを楽しもうぜ」

街を歩いていて男に声をかけられた経験は少なくないが、ついて行ったことは一度もない。警戒心がそうさせるのは勿論だが、初めて会った見ず知らずの男と時間を過ごすほど暇ではないという理由もあった。

彼の外見やそぶりが、格別女の子を虜《とりこ》にするほど魅力的だとしても、道端で出会った初対面の男性に声をかけられてついて行く女性は、暇を持て余して仕方がないのか、あるいはこういう一回限りの付き合いに慣れているのか、そのどちらかだろう。

――そんな男について行かなければ。

彼女たちの後悔の叫びが、未だに真美の心の中で渦巻いている。

「ごめん、聞いてもいいかな?」

「——なに?」

「ひょっとして、最近なにか辛いことでもあった?」

押し黙っている真美のそぶりが、彼にそう思わせたのだろう。

真美はうなずいた。

「あったわ」

「そうか、やっぱりね。でもこれ以上は聞かないよ。辛い記憶を思い出させちゃ可哀想だからね。だから今夜は——」

「——なに?」

「その辛い思い出を、僕が忘れさせてあげるよ」

ホームには人が溢れていた。

「——どこまで行くの?」

「目黒で降りて、乗り換える。でも、すぐつくから」

勿論、のこのこと彼の家まで行くつもりはない。唾液を飲み込んだ。優しい顔をして、饒舌に話をするからといっても、緊張感を忘れてはいけない。この男は悪魔なのだ。油断した隙に捕まってしまい、そして虫けらのように弄《もてあそ》ばれて殺される。どこかで逃げ出さなければ、男がこちらから目を離した隙に――。

その時、黄色い線の内側までお下がりください、というアナウンスが聞こえてきた。電車が来るのだ。

「ったく、うっさいな。そんなこと、いちいち言われなくたって分かってるんだよ。ねえ、君もそう思うでしょう？」

と悪魔は振り向かずに、背後の真美に言った。

真美は悪魔の足元を見た。

彼は黄色い線の内側にいる。でも一歩踏み出せば、もう外側だ――。

電車がやって来る。

彼は振り向かない。

真美はそっと手を上げる。

両方の掌を、彼の背中に近づける。

いきなり背後から突き飛ばせば、女の自分にだって彼を少しはよろめかせることができるはずだ。ほんの少しだけ、彼の身体を向こう側に移動させれば、それでもう彼は死ぬのだ。

周囲には人が沢山いる。でもこちらに注意を向ける者など、誰もいない。

――そう。彼を突き飛ばして、すぐに振り向かずに駆け出せば、逃げおおせるはずだ。電車が止まったら多くの人に迷惑をかけるけれど、それで悪魔が一人この世から消え去るのだから安いものだ。

だから。

ほんの少しだけ。

ほんの少しだけ、この手に力を込めれば。

電車が入ってくる。

彼は気づかない。

人々の話し声。

笑い声。

悪魔が振り向くのと、電車がホームに入ってくるのはほとんど同時だった――。

私は、

何事もなく、電車はホームに入った。

悪魔の背中を押すことができなかった。

「ん？」

気配に気づいたのか悪魔がこちらを振り向いた。真美はすぐに視線をそらし、両手を下ろした。

殺せなかった——悪魔を。

扉が開き、人々が下車してくる。

悪魔は真美の心の内などぞ知らぬ顔で電車に乗り込んだ。席はもれなく埋まっていたので、二人は扉の側の手すりに寄り掛かるように立った。

こうやって悪魔について来てしまったものの、これから自分がとるべき行動についての目《め》処《ど》は何一つ立っていなかった。

——いったい、どうすればいいの？

「——どうして、車じゃないの？」

「どうしてって？」

真美は悪魔を見据えた。勇気を振り絞った。

「どうせ今日は、女の子をナンパするために渋谷に来たんでしょう？　車があった方が女の子にサービスできるし、なにかと都合がいいんじゃないの？」

悪魔はうつむき、苦笑した。

「君は何でもお見通しだね。超常現象の番組に出れるんじゃないの？　ほら、良くエスパーだとか霊能者だとか、怪しげな人達が出てるじゃない。そういう人達と肩を並べられるよ」

真美は男を見つめ、真顔で答えた。

「そう、私はエスパーだよ。霊能者でもある」

悪魔は真美をしばらく見つめ、それから爆笑した。その笑い声で、一瞬だけ車内の視線がこちらに集まった。

「君って、本当に面白い子だね！」

真美は笑わなかった。

今この車内にいる人達の中で、彼の正体を見抜いているのは自分一人だけ。そのことが不思議だった。自分だけが特別な存在だとは、どうしても思えなかった。

もしかしたら、皆、こういう能力を持っているのかもしれない。ただそのことに気づいていないだけで。自分は平凡な女なのだ。社長の娘ということで、物珍しい目で見られたこともあったけど、自分が特別だと思ったことは一度もない。お小遣いの額だって、同級生達とほぼ同額だった。

今までずっと、私は平凡に生きてきたのに。

「分かった分かった、降参降参。本当のことを話すよ。前に車で来て、女の子に声をかけたことがあるんだ。でもぜんぜん駄目。街で遊んだり食事したりするのは大丈夫だったんだけど、車があるから僕の家まで来ない？　って誘うとみんな遠慮しますって言って逃げるんだ。やっぱり警戒しているのかな。成功したのは一人か二人だ」

つまり、殺したのだ。

残りの女性たちは、今のように電車で家まで連れてきたのだろう。

「――今日渋谷に来て、私に初めて声をかけたの？」

「ああそうさ。でもその日最初に声をかけて成功したのは、君が初めてだよ。しかもどこにも寄らずに、いきなり僕の家に来ることになるなんて！」

運命だったのだ。悪を感知する心が、悪を呼び寄せる。

「ねえ、そろそろ、僕のことを信用してくれた？　手の内すべて明かしたんだからさ。こんなこと、普段は言わないいんだぜ。当たり前だろ？　誘った女の子に、君のことはナンパ目的だ、なんてね。勿論、今までの女の子だって、薄々気づいていたさ。でもそれはさ、ほら、男女の駆け引きってものがあるだろ？」

この言葉を聞いて、普通の女性だったら、ああ彼は後ろめたいこともなにもかも、すべてを話しているんだな、と思うだろう。そして軽蔑するかもしれないが、同時に、もうこの男には隠しているものは何もないのだろうと思い、安心するかもしれない。

それこそが、彼の罠に他ならなかった。

「ところでさ、聞いてもいいかい？」

「——なにを？」

「君の、名前だよ。僕は教えたんだから、いいだろう？　不公平だよ。それに呼ぶ時も、名無しの彼女じゃ困るしさ」

真美はしばらく考え込んだ。姓名を教えたところでどうということはないだろう。後日、それを手がかりに真美を見つけ出すほど、彼が有能とも思えない。彼が有能なのは、その悪意の発し方、ただそれだけなのだ。

しかし、こんな悪魔に、自分のプライベートを一部でもさらけ出すことには抵抗があった。

「——教えなくちゃ、駄目？」

「無理にとは言わないけどさ、やっぱり教えて欲しいな」

真美は少しの間思案し、こう言った。

「麻紀だよ。櫻井、麻紀」

妹の名を名乗ったことに意味はなかった。ただ、でたらめな偽名を使うよりも、気の持ちようが違った。

妹の名前は、自分を守ってくれるお守りのような気がした。

目黒駅で下車してから、東急目黒線に乗り換えた。初めて乗る電車、初めて見る景色。恐怖に慄《おのの》く心と、冷静に周囲を見回せる理性が、真美の中に混在していた。

知らない駅で真美は降ろされた。過去に一度くらいその駅名を、耳にしたり活字で見たことがあるかもしれないが、真美の記憶からは抜け落ちている。要するに、なんのなじみもない駅だった。

知らない商店街、知らない家々——。真美は駅からの道のりを忘れないように気を配った。

駅前の商店街とは反対方向に、彼は歩いてゆく。人通りはどんどん少なくなる。

震える声で、たずねた。

「——家は遠いの？」

「なに？　緊張してるの？」

真美は首を横に振る。

「すぐそこだよ」

と、悪魔は顎をしゃくった。

——いったい、これからどうするの？

ここまで来るまで、真美は何回自問しただろう。

人気はないが周囲は住宅街だ。今は丁度夕食時だろう。家々の窓には明かりが灯っている。

黒木妙子のように防犯ブザーを持ち歩いてはいないが、もしここで彼に危害を加えられた場合、大声で叫べばきっと窓を開けてくれるだろう。小学校の時習ったのだ。人殺し！　と叫んでもとばっちりを食うのを恐れてみんな外に出てこない。だから助けを求める時は、火事だ！　と叫ばなければならない。実践を試みようとするのはこれが初めてだ。

真美は大きく息を吸い込み、いつでも叫べるように準備する。悪魔は真美に背中を向けている。こちらを振り向く様子はない。

真美は携帯電話を取り出した。彼に気づかれないように、メールを打ち始めた。

友達は多い方ではないが、それでも信頼できる友人はいる。駅名、男の名前、この男は殺人犯です。今すぐ、このメールの内容を警察に知らせてください――。打ちながら、誰に送ろうか考えた。市ノ瀬由紀は入院しているから、携帯電話を使ってはいないだろう。

小さなキーを打つのがもどかしい。悪魔が気づく前に早く送信しなければ――。

気づかれた。

「なにしてるの？　メールしてるの？」

怪訝そうな顔つきで男は言った。

「――なんでもない」

焦りを顔に出さないようにしながら、メッセージを作成し続ける。

と、悪魔が立ち止まった。

思わず打つ手を休めて、悪魔を見た。

その瞬間、物凄いスピードで悪魔が手を伸ばしてきた。そして携帯電話を奪い取ろうとする。真美はとっさにその手を避けた。そして後ずさりした。

「なに打ってたの？　ねえ、見せてよ」

執拗《しつよう》に迫ってくる。仮面がはがれ、悪魔がその本性を現し始める。追い詰められた。もう逃げられない。手が迫ってくる。携帯を握られたら最後、奪い取られてしまうに違いない。

真美は携帯をかばおうとして彼に背中を向けるが、悪魔は執拗だった。真美はメールを打つのを諦めた。今まで打っていた文章を消去した瞬間、悪魔が携帯電話を奪い取った。

悪魔は携帯のディスプレイをまじまじと見つめていた。真美の心は震えた。大丈夫、打っていたメッセージは全部消去した。今はなにも表示されていない。彼にこちらの思惑が分かるはずがないのだ――そう自分に言い聞かす。

「どうして、消したの？　誰にメールを送るつもりだったの？」

悪魔は真美を見つめ執拗にたずねてきた。

笑顔は薄れ、警戒心がその表情に色濃く表れている。

「あなたには関係ない」

「関係ないことないだろ。教えてよ。それとも、やましいことでもあるの？」

それはこっちの台詞だ。

「私が今夜あなたと会っていたことを他の誰かに知られると、なにかまずいことでもあるの？」

悪魔はしばらくの間真美を真顔で見つめ、それから唇の端を吊り上げて、微笑んだ。

「ないよ、そんなもの。さあ行こうぜ」

悪魔は真美の手を取って、

再び感じるあの光景。


歩き出した。真美は思わずその手を振り解いた。悪魔がまた怪訝な表情をした。

「早く行きましょう、あなたのお家に」

悪魔は通りの向こうを顎でしゃくった。

「――すぐそこだよ」

彼の家に着くまでの一分足らずの時間は、真美にとっては一時間にも感じられた。

表札に記されている名前は、彼が真美に名乗ったものと同じものだった。偽名を使っているわけではないようだ。

普通の、二階建ての家だった。庭もある。外見上、変わった様子は見られない。

だが、真美は感じた。

立ち上る死のイメージが、血の香りが、彼女たちの叫びが、胸の底から込み上げてくる。

――悪魔の家だ。

噎せ返り、嗚咽し、すべて吐き出してしまいたくなる。

「どうしたの？」

後をついてこない真美に不審を抱いたのか、悪魔が振り返ってそう言った。

「なんだか、顔色悪いよ？」

真美は悪魔の顔を見つめ、後ずさりし、数回首を横にふった。

さよなら、と小さく呟いた。

そしてそのまま悪魔に背中を向け、一目散に駆け出した。

――追いかけてくる！　気配を感じ、一瞬、そう思った。でも違った。その気配は、背中に突き刺さる彼の視線だった。このまま見逃してもいいのか？　追いかけるか？　そう逡巡している者の視線だった。

見逃すことに、悪魔は決めたようだった。挙動不審な女だが、まさか自分の犯行に気づいたわけではないだろうと、高を括《くく》っているに違いない。証拠にしたって、なに一つないのだ。

そう、証拠が――。

でも、そんなものは彼の部屋を調べれば、きっと山のように出てくるに違いない。

悪魔が追ってこないことが分かって、真美は走るのを止めた。それでも不安で、足早に駅前へと歩く。駅前は勿論渋谷ほどではないが、それでも人は少なくなかった。会社帰りらしいサラリーマンやＯＬが家路を急いでいる。

真美は一息ついた。少なくとも身の安全は確保できた。このまま帰宅すれば、今夜のことはちょっとした悪夢ということで片付けられるが、ここまで来てそんなことはできそうになかった。

駅前のコンビニを見やった。刃物の類を売っているかもしれない。たとえカッターナイフでも、頸動脈を狙えば殺すことは可能だ。女の自分にだって、不意をつけば決して難しい行為ではないだろう。

――そうだ。殺してしまおう。そして逃げるのだ。

彼と自分とは今日初めて出会ったのだ。接点などどこにもない。だから、逮捕される可能性もない。彼の死体が発見されれば、恐らく部屋も捜索されるだろう。そして警察は、犯罪行為の一部始終を撮った写真やビデオテープを発見するのだ。そうすれば、彼の犯罪は日の目を見る。被害者たちもきっと浮かばれる。

――でも。

渋谷駅のホームでのひと時を思い出した。彼を突き飛ばそうとしたあの時のことを。あの瞬間、真美は自分がこれからしようとする行為に畏怖していた。自分が間違ったことをしていないのは理解していた。あんな男を殺したからって、きっと後悔などしないだろう――。

なのに自分は彼の背中を押せなかった。

――当たり前だ。私はただのひ弱な女だ。たとえ相手が悪魔でも、人間なのだ。人を殺す度胸が、自分にあるはずもない。

ひょっとしたら、この期《ご》に及んで、まだ自分の能力に確信が持てないのかもしれない。あの時抱いた感覚はなにかの間違いで――あの森に死体が埋まっていることも、母が麻紀を殺したことも、偶然に言い当ててしまっただけなのかもしれない。その時感じた風景も、ただの自分の幻覚なのかもしれないのだ。過去に二回、真実を言い当てたとしても、この三回目が成功するという保証はどこにもない。

もし、あの悪魔を殺してしまった後で、自分の考えが間違っていたことに気づいたとしたら。正義の味方を気取ったあげくなんの罪もない人を殺してしまうことになるのだ、きっと自殺したくなるほど後悔するだろう。

真美は、自分の〝力〟が本物であることを、ほぼ確信していた。ただ百パーセントの自信ではない。それが、彼女を思いとどまらせていた。

――どうしよう。

その時視界に、駅前の電話ボックスが入った。あの森から死体を掘り出した時のことを思い出した。あの時は、自分の身元を知られることは望ましくないと思っていた。勿論、今もそうだ。でも、自分が持っているのは他人の死と殺意を察知する能力。ただそれだけだ。コミックのヒーローみたいに空を飛んだり、秘密兵器を持っているわけじゃない。

死体を見つけに行くだけなら、自分一人でも成し遂げることができるだろう。でも、今の状況は違う。あの家に忍び込んで、犯罪の証拠を手に入れなければならないのだ。場合によっては悪魔と対決することになりかねない。自分一人の力ではとても無理だ。

通報する場合、携帯より電話ボックスからかけた方が、居場所が正確に警察に伝わると聞いたことがある。しばらく逡巡した後、真美は電話ボックスに向かった。頭の中でシナリオを組み立て、ボックスの中に入ってからもしばらく台詞を練習した。

110に通じる赤いボタンを押した。人生二度目だ。

『どうされました？』

そのオペレータの声に、真美は言った。

「助けてください。殺されかけたんです」

『今、どちらにいるんですか？』

「――っていう男の家から、逃げてきたんです。今、――駅前にいます」

公衆電話からかけていることを告げると、オペレータは電話の番号を教えてくれと言ってきた。真美は電話機の上のパネルにマジックで書かれている四桁の番号を告げる。

「私だけじゃない、彼は今までに沢山の女性を殺していたんです。私、見たんです。死体が撮影された写真を」

『落ち着いてください。今、警察官がそちらに向かいます。数分で到着します。今は、安全が確保されているんですね？』

「ええ、大丈夫です。お願いです。早く――を逮捕してください」

受話器を置いた。今度は逃げなかった。通報者が姿を消したら、悪戯として処理されてしまうかもしれない。それだけは、なんとしてでも避けたかった。彼が逮捕されるまでそこにいないと、安心できない。

国家権力に悪魔を引き渡す。私刑を下すよりは、そちらの方がよほど後腐れがない。勿論、自分が望んだ刑罰が彼に下るとは限らないけれど――。

死刑になるはずだ。弁護士は心神耗弱や精神病を主張するかもしれないが、やったことは尋常ではない。死刑にならなければおかしいと強く思った。

　パトカーは思いのほか早く到着した。

　二人の警官が降りてきて、電話ボックスに近づいてきた。真美はすがる気持ちで、ボックスから出た。

「通報者の方ですか？」

　二人の警官が問いかけた。真美は頷いた。そして悪魔の名前を告げた。

「殴られたんです。首も絞められました。私を、殺そうとしたんです。命からがら逃げてきたんです」

　考えうる限りの嘘をついた。

「どこでです？」

「彼の、部屋です」

「とにかく行きましょう。事情聴取を行います。現場は近いんですか？」

　真美は頷いた。

「すぐ、そこです」

　パトカーに乗ったのは生まれて初めてだった。周囲の人々が何事かとこちらを見つめている。だけどそんな視線に構っている心の余裕はなかった。

パトカーで悪魔の家の前まで戻って来た。さっきと同じように死の匂いが真美の身体を包み込んだ。

二人の警官は庭に入って行った。真美もその後をついて行く。

死の感覚が、強くなってゆく。今まで感じてきた中でも、最高のものだ。現場の部屋に立ち入ったら、卒倒しそうになるかもしれない。

警官の指が、インターホンを押す。

程なくして、初老の女性が顔を出した。――――の母親だと思った。突然の警察官の訪問を驚いたような顔で見つめている。

「――――さんはいらっしゃいますか？」

「はい、いますが――。息子が、なにか？」

「こちらの女性が、被害を訴えているんです。殴られて、身の危険を感じていると――」

二人の警官の背後から、真美は母親を見つめた。あたふたとした様子で、彼女は奥に引っ込んだ。階段を上っている音が聞こえる。二階の息子を呼びに行ったのだろう。彼女は、自分の息子が悪魔であることに気づいているのだろうか。

やがて、母親に連れられて、悪魔が現れた。

「――君は」

と真美を見つめて、驚きの声を発した。

警官が、悪魔に言った。

「ご同行願えますか？　事情聴取をしたいので」

悪魔は真美と警官の顔を交互に見つめて、

「僕が、いったいなにを？」

と、そんな白々しいことを言った。

「こちらの方が、あなたに暴力を振るわれたと被害を訴えているんです。殺されかけたと」

その警官の言葉を聞いた悪魔は、一瞬啞然とした顔をした後、鼻で笑った。

「なんでです？　僕はこの子になにもしていない。この子は僕の家の前まで来て、なにもしていないのに勝手に逃げたんです。女の子を家に招待しようとすることが、罪になるんですか？」

警官が真美を見やった。

悪魔の言い訳はまだ止まらない。

「冗談じゃない。君はなんでそんなことを言うんだ。今日初めて会ったのに、なにか恨みでもあるのか？　どうして僕を冤罪《えんざい》にはめようとなんか――」

　真美は悪魔を指差し、叫んだ。

「この人を逮捕してください！　彼は人殺しです。四人の、なんの罪もない女性を切り刻んで殺したんです！」

　悪魔の顔色が一瞬変わった。彼の母親は動揺を隠せない様子で、おどおどと真美と悪魔の顔を交互に見やっている。

　しかし悪魔は引き下がろうとはしなかった。

「なにを馬鹿なことを言ってるんだ！　そんな証拠がどこにあるっていうんだ！」

　証拠がなければ、いくらだって言い逃れはできると思っているのだ。

「証拠だったらあるわ！　あなたの部屋に！　被害者の遺体を撮影した写真やビデオがあるはずよ！」

「そんなもんあるか！」

　真美は警察官の手を引いて懇願した。

「お願いです。今すぐに彼の部屋を調べてください。証拠だったらそこに沢山あるはずです」

　警官は難色を示した。困ったような表情をありありと顔に浮かべた。

「そこまでの権限は今の段階では――」

今の段階？　いったい、なにを言っているのだろう。今すぐ調べなければ駄目なのに！　もしこのまま帰ったら、彼はすぐに証拠のコレクションを処分してしまうだろう。明日では遅過ぎるのだ。

その時、もう一人の警官が、彼の言葉の続きを制した。真美を見つめ、たずねた。

「あなたは、彼の部屋で、それを見たんですか？」

真美は頷いた。

「見ました」

「嘘だ！」

悪魔が叫ぶ。

「彼女を街でナンパして家に連れ込もうとしたことは認める。だけど、それだけだ！　結局、この女は家にあがらなかった。途中で逃げたんだ。こいつは妄想ででたらめなことを言っているだけだ！　俺は今日、一人でこの家に帰ってきたんだ。証人だっている！」

証人？

そこにいた、母親だった。

「息子が帰って来た時、私、丁度玄関にいました。主人の靴を磨いていたんです。間違いありません。息子は今日一人で帰ってきました。こんな女性は連れていませんでした」

悪魔は勝ち誇ったような笑みを浮かべて、真美を見つめた。

二人の警察官は顔を見合わせている。対応に苦慮している様子がありありと分かった。

真美は、一歩足を進め、警官の後ろから、前に出た。

悪魔と対峙した。困惑、不安、そして威嚇《いかく》。それら諸々が複雑に入り交じった表情を、彼は浮かべていた。

真美はゆっくりと手を差し出した。思わず悪魔が身構える。

だが構わずに真美は彼の手を取った。


感じた。


ゆっくりと、呟いた。

「——私の右目を返して」

その場にいた誰もが、度肝を抜かれた表情で真美を見た。勿論、悪魔も。

空気が緩んだ。緊張感に隙ができた。

その瞬間、真美は悪魔の横をすり抜け、母親を突き飛ばし、家の中に土足で踏み入った。

悪魔が真美の腕をつかもうとする。真美はその手をすんでのところでかわす。

分かる。なにもかもが、手に取るように分かる。階段の位置が、彼の部屋がどこなのか、そしてどこに証拠がしまってあるのかが。

彼は殺した女性を自分の部屋に案内し、そして自分のコレクションを得意げに被害者に見せたのだ。勿論、逃げ出せない状態に置いてから。殺された女性達が知っているのならば、自分が知っていても当然だ。

階段を駆け上った。

その時、

（危ない！）

え？

（後ろ！）

誰かが頭の中で叫んでいた。今までとは異なる感覚だった。これは誰の声だろう。悪魔が殺した女性達の声？　それとも、麻紀の声？

真美はその声で背後に悪魔が忍び寄っていることを感じた。振り向かなくても分かる。悪魔が自分を羽交い絞めにしようとしている。迷わず真美は、右足を後ろに蹴り出した。ヒールの底が何かに当たる感触。そして低い叫び声。腕が足が頭が、次々に階段を直撃する音。悪魔が階段を転がり落ちて行く。

真美は二階の廊下を駆け出した。ドアは二つあったが、最初のドアには見向きもしない。奥のドアが彼の部屋だ。証拠は押入れの中のカラーボックスにしまわれている。

ドアノブをつかみ、部屋に押し入った。下りてくる時電灯を消したのか、部屋は薄暗かった。でも彼女達の声が、今の自分の目だった。暗闇の中でも迷わずに押入れの引き戸へと走り出す。

すべてがスローモーションのようだった。世界は無音に包まれていた。自分の足音すら、聞こえない。

ここが、地獄だった。

一歩一歩、駆け足で床を踏みしめるたび、あの光景が、ストロボを焚《た》いているかのような閃光と共に脳裏に蘇る。

血。

涙。

苦痛。

絶叫。

後悔。

手を伸ばす、
押入れの戸を引く。

中は上下二段に分かれている。目的のものは上の段にあった。

畳まれた掛け布団や、無造作に丸められた服の向こう側にぼんやりと、そのボックスは見えた。赤い色をしている。そして奥行きがある。後ろと前に、雑誌が二冊ずつ入る大きさだ。

証拠は後ろ側に入っている。前には普通の雑誌の類を並べて、カムフラージュしているのだ。

証拠がどこにあるのか、どこを探せば見つかるのか、真美にはもう分かっていた。悪魔と初めて出会った時から。

真美は手をつき、飛び上がった。そのまま押入れの中に上半身を突っ込む。手を伸ばし、ボックスの中身をかき出した。中に入っていた本や雑誌が溢れ出す。幻視と現実の風景が、交互に視界に広がる。

手に触れる、冷たいプラスティックの感触。ビデオテープだ。
真美はそれを手にとった。

（早く！）

心の中で誰かが叫んでいる。
分かっていた。
駆け足の音が、だんだん速くなる。もう後数秒で悪魔が自分に追いつく。
これをデッキにセットして再生すれば、彼は一巻の終わりだ。だが、そんな時間の余裕はとてもありそうにない。

（急いで！）

ビデオよりも——。
写真だ。
アルバムは——。

（分かっていた）

このビデオテープが並んでいる列の——。

（写真がここにあることは、もうずっと前から分かっていた）

一番向こう側。

目を閉じていても、明かりがなくても。

どこにアルバムがあるのかは、最初っから分かっていた。

手を伸ばして——。

つかんだ！

薄い安物のアルバムだ。これを警察官に見せればきっと——。

（危ない！）

「てめぇぇっ！」

悪魔の声がした。足首に激痛が走った。そして身体全体が勢い良く後ろに動いた。ボックスに頭をぶつけた。顔に雑誌やビデオが当たる。悪魔が足を持って、押入れから引きずり出したのだ。そのまま真美は頭から床に落ちた。目の前に星が散った。それでも真美は胸にアルバムをしっかりと抱えて離さなかった。

「それを返せぇっ！」

悪魔がアルバムを奪い去ろうとする。腹を殴られた。意識が遠のいた。悪魔の手がアルバムに伸びる。その手に真美は思いっきり嚙み付いた。悪魔が叫び、苦痛に顔を歪めてひるむ。真美は掌を嚙むのを止めない。このまま嚙み千切ってしまっても構わない。

その時、誰かが階段を上ってくる音が聞こえた。騒ぎを聞きつけ、あの二人の警官がやって来たのだ。

――ああ、助かった。真美の心は安堵に震えた。あの二人の警察官にこのアルバムを見せるのだ。そうすれば、悪魔の正体が白日の下《もと》にさらされる――。

「止めなさい！」

向こうから警官の声が聞こえた。彼らが悪魔の行為を止めさせようと、部屋に駆け寄ってくる。

しかし、悪魔の行動は素早かった。

真美に嚙まれていないもう一方の手で、こぶしを作って彼女の顔を殴りつけた。再び星が散る。思わず悪魔の掌から口を離してしまう。

悪魔はそのままUターンをして、扉に向かった。

——なにをする気だろう。
開いたドアの隙間から、駆け寄ってくる警官達の姿が見える。

(早く来て!)

悪魔は、ドアを、
閉めた。
そして鍵を、

(止めて、そんなことしないで!)

かけた。
その瞬間、ドア全体が震え、ドアノブががたがたと揺れる。開けろ! と警官達が叫んでいる。来るのが、一秒ほど遅かった。
悪魔は壁のスイッチを入れ、電灯をつけた。地獄が灯りで包まれた。本棚。ペン立てが置かれた机。フローリングの床。テレビ、ベッド、オーディオセット——普通の部屋だった。

い。

　そして悪魔はこちらに向き直った。

　その表情には、先程渋谷で真美に声をかけた時に見せた微笑は微塵もない。

　真美は床に腰を落としている。まるで腰が抜けてしまったかのように、立てない、動けない。

　悪魔の身長は百八十センチほどだろうか。いや、もっとあるかもしれない。いずれにしろ、真美より背が高いのは間違いなかった。

　そして今は、座り込んでいる自分の前に仁王立ちし、こちらを見下ろしている。

　羊だった。

　うさぎだった。ねずみだった。子猫だった。

　そして彼は――。

　昔、健吾とビデオで観た映画を思い出した。スピルバーグの『ジョーズ』だ。人間達が一人、また一人と鮫の餌食《えじき》になる。怖かったが、所詮映画に過ぎなかった。あの船長の絶叫は、ただの芝居なのだ。

　でも、今分かった。悪魔のような怪物に食べられる人間の気持ちが。

　遠のく意識を必死で手繰《たぐ》り寄せる。消えてしまいそうになる体中の感覚を放すまいとする。

　そうしなければ、彼が殺した女性のように失禁してしまいそうだったのだ。

悪魔は言った。

「お前は、なんだ」

地の底から絞り出すような声だった。

「お前は——なんなんだ」

あなたが殺した女性達の生まれ変わりよ——強がって、そんな映画のような台詞を吐こうとした。でも口が動かなかった。呼吸が乱れる。鼓動が高鳴る。もうなにもできない。しゃべれない。動けない。

そんな有様の今、感覚だけが鋭敏になる。この部屋で、悪魔が女性達に行った行為の諸々が、頭の中になだれ込んで来る。それがこの悪魔を巨大なものに見せている原因でもあった。

部屋の外で警察官が母親と話している声が聞こえる。だけどなにを話しているのかまでは分からない。ドアは揺れない。ノブは動かない。

絶望的な気持ちになった。部屋の外の緊張感は、先程よりも明らかに薄れている。いや、まったくと言っていいほどない。

もしかしたら、最終的にこの騒動は、単なる痴話喧嘩の一つとして片付けられてしまうのだろうか。警官は、毎日いろいろな事件に対応しているのだ。今のこの状況は、彼らにとってはありふれたトラブルの一つに過ぎないのかもしれない。

悪魔が手を差し伸べた。

「そのアルバムをこっちに渡せ」

真美はアルバムを胸に抱いたまま、動けない。

「分かっている。お前はそのアルバムの中身を見ちゃあいない。だからそれを俺に返せば、すべてはお終いだ。土足で人の家に不法侵入したことも、大目に見てやる。だから、なあ。返してくれよ」


（返しちゃ駄目！）


そうだ。返せない。心の声に従った。実家の部屋で、あんな凄惨な殺人を繰り返している男なのだ。異常者には違いないが、用意周到な男なのだろう。証拠隠滅用のシュレッダーが机の下にある。そちらを見なくても、真美には分かった。だからアルバムを返すことは決してできないのだ。

説得を諦めたのか、悪魔がこちらに手を伸ばしてきた。真美はアルバムを抱きしめる手に力を込めた。しかし悪魔に、殴られ、蹴られたら、きっと持ってはいられないだろう。

悪魔の手が伸びる。

全身の力が抜けそうになる。

悪魔の右手がアルバムに触れようとする。

――このままじゃ簡単に奪われてしまう。

その時、

(諦めないで！　真美になら悪魔を倒せる！)

麻紀の、声だった。

その瞬間、体中が燃えた。

絶叫した。

真美のその叫び声は、部屋中に響いた。この街に響き渡った。夜を切り裂いた。地球のすべてを覆い尽くした。自転まで止まった気がした。

「痛い、痛い、いたいよぉ！」

ドアが再び揺れた。ドアノブが激しく動いた。開けろぉ！　と警官が叫んでいる。

「お父さんの言うこと聞くから、良い子になるから、だから、殺さないで！」

アルバムを胸に抱きしめ、悪魔から視線をそらさず、力の限り叫び続けた。

「止めて！　これ以上私の指を切り落とさないでぇ！　爪をはがさないで！　ピアノが弾けなくなっちゃうよぉ！」

不思議と痛みは感じなかった。体中が燃えていたが、同時に氷のような冷静さも存在していた。自分が今なにをしているのかを、正確に知った。

――そうだ。

死者の気持ちを生者に伝えること。

それが、自分の能力なのだ。死者の言葉を運ぶメッセンジャー、それが、使命。

悪魔は顔面蒼白だった。怯えたような表情を初めて浮かべ、後ずさりをした。

逃がさない、絶対に逃がさない！　心の中で強く念じ、真美は悪魔から視線を逸らさない。開けろ！　早くしろ！　ドアの外からは警官達の怒号が絶え間なく響いている。真美の口腔からは死者の叫びが延々と溢れ、瞳からは涙がぼろぼろとこぼれて止むことがない。

「止めて、止めて、手を刺さないでー！」


絶叫を繰り返す。

彼女は悪魔に、ナイフで掌を刺されて、床に釘付けにされた。

叫びながらうつむき、その床の痕跡を探した。

——あそこだ。

言われなければ、目を凝らさなければ、分からないほどのナイフの刃のくぼみが、本棚のすぐそばの床に存在している。

あの床に、
この右手が。

この掌の痛みが、
燃えるようだった。

絶叫の炎に包まれた右手をアルバムから離した。このままではアルバムに火が付いてしまう——そんなことを思ったのだ。

真美は絶叫しながら、自分の掌を見つめた。

まるで、

悪魔にナイフで刺された傷口が、そこに存在するかのように。

真美はゆっくりと、

その掌を悪魔にかかげた。

悪魔は怯えた表情をして、口を開けた。しかし叫び声は聞こえない。信じられないものを見た衝撃で、声も出ない——そんな様子だった。

ぽたり。

何かが掌から床に垂れた。

なんだろう？　汗？

でもそれは、

赤い色をしていた。

ぽたり、ぽたり。

一滴二滴と垂れてゆく。

血だ。

私の、血だ。

暴力を振るわれたけれど、傷を負うようなことはされていないはずなのに——そんな疑問は、今の真美の思考にはのぼってこない。ただその血は、あって当たり前のものとしか真美には理解されない。だってそうだ。掌をナイフで刺されたのだ。ナイフは貫通した。血が沢山出たっておかしくはない。

血が。

一滴二滴。

ぽたり、ぽたりと垂れてゆく——。

その次の瞬間、真美は我に返った。

世界が終わってしまったかのような衝撃を感じた。目の前でなにが起きたのか理解できなかった。ただ耳鳴りが絶え間なく続いている。

悪魔はドアの方を振り返った。そしてふらつく足取りで壁際に移動した。

火薬が焼けたような匂いがする。

そして勢い良くドアが開かれた。二人の警官がなだれ込んでくる。なにが起こったのか、ようやく真美にも理解できた。真美の叫び声を聞いた警官の一人が、ドアに発砲し、鍵を壊したのだ。

非常事態だと判断し冷静に引き金を引いたのか、それともドアの向こう側で繰り広げられているであろう光景を想像し動揺してしまったのかは分からない。だが、拳銃を片手に室内に一歩踏み込んだ警官が、機敏な動きなど見せず困惑した表情でこちらを見つめているだけだったことから考えると、恐らく後者なのだろう。

「あの血はなんだ！　お前彼女になにをした！」

真美の掌を見やり、拳銃を持っていない方の警官が、悪魔に向かって叫んだ。

「俺はなにもしていない！　あいつは狂ってる！　なにもしていないのに、一人で勝手に叫びまくったんだ！　あの掌の傷だって、俺は知らない！　きっと自分で勝手に切ったんだ！　冗談じゃない！　この女、俺をはめる気だ！」

その悪魔の言葉を最後に、室内にいたすべての人間が、一斉にこちらを見た。

真美は――胸に抱いたアルバムのページに手をやった。

悪魔の顔つきが変わる。

真美は、アルバムを、

彼らの方に向けて開いた。

世界が凍りついた。

真美が幻視した光景が、切り取られ、アルバムのページに貼られているはずだった。

二人の警察官は、目を細めた。

「あれはなんだ？」

呆けたように、そうぽつりと呟いた。

あれこれ言葉で言わなくとも、この写真がすべてを説明していた。

今この部屋にいる男が、稀代《きたい》の殺人鬼であると。この瞬間を境に、彼はその名を永久に歴史にとどめるのだ。

「――――さん。説明を――」

だがその警察官の言葉など耳には入っていないように、悪魔は真美を見つめたまま、動かなかった。

――いや。

身体は動かなくとも、その表情は少しずつ変わっていった。

驚愕の表情から、
怨嗟《えんさ》のそれへと――。

警察官は悪魔に言った。

「暴行の現行犯で逮捕します」

――ああ、これですべては終わった。心から安堵した。この写真が彼が殺人犯であるという証拠になったことは間違いない。自分に暴力を振るった罪で彼は逮捕され、そして徹底的に調べ上げられ、女性達を殺した証拠を見つけ出されるのだ。

悪魔はあれだけ彼女達の身体を無残に切り刻んだのだ。出血は酷いものだろう。鑑識が調べればこの部屋中から血液反応が出るはず。それが動かぬ証拠だ。

真美はアルバムを床に降ろそうとした。

――その瞬間。

悪魔が駆け出した。その動きはまるで風のようで、警官が彼を止めようとした時には、もう彼は真美の後ろ側に回り込んでいた。

悪魔は、左手で机の上のペン立てからボールペンを抜き取るのと同時に、右腕で真美の首を抱え込むように締め上げ、立たせた。

警官が銃をこちらに向けるのと、悪魔が真美の首筋にボールペンをつき立てるのも、ほぼ同時だった。ペン先が、柔らかな喉元に食い込み、痛かった。

「その人を放せ！」

警官が銃を向け、叫んだ。

「うるせえ！　てめえこそ、それを降ろしやがれぇ！　撃つのか？　撃てるはずねえよなあ？　いくら俺が殺人犯だからって、このねーちゃんを盾《たて》にしてるんだからよぉ！」

銃を持った警官は一歩後ずさりした。

もう一人は無線機でどこかに連絡している。応援を呼んでいるのだ。もうお終いだ、観念しなさい、抵抗する余地はない、あなたは捕まる、そんな諸々の台詞が心に浮かんだが、喉元を押さえつけられているので声も出ない。

「お前らみんなこの家から出てけぇー！」

悪魔が叫ぶ。

彼の母親が廊下の向こうで震えているのが見える。

「それはできない！」

警官のその声にも、悪魔は動じる様子を見せない。

「今から俺はここに立てこもる！　この女を人質に取ってな！　言うことを聞け！　でないとこのペンを女の喉に突き刺すぞぉ！」

「そんなことはさせない！」

と警官が叫んだ。

そうだ。

そんなことはさせない。

(そんなことはさせない)

(そんなことはさせない)

(そんなことはさせない)

(そんなことはさせない)

(そんなことはさせない)


心の中で、麻紀と、悪魔に殺された四人の女性達の声がした。

こんなボールペンで、私は殺せない。私には、みんながついているから。麻紀も、殺された女性達も、あの森から掘り出してあげた男性も。みんな私の味方だ。あの夜、実家で見た夢のことを思い出した。麻紀がいた、死の王国。私はあそこといつも繋がっている。

いつも、麻紀と一緒だ。

そして私に力を与えてくれる。

目を閉じた。そして思いっきり、首に回された悪魔の腕を噛んだ。

悪魔は絶叫した。その身体がふらついた。

すかさず真美は、足を床から離し、悪魔によりかかる体勢になった。一瞬で身体の重心を背中に移動させる。悪魔はそのまま勢いをつけて後ろに倒れ込む。

悪魔の絶叫、そしてなにかが割れる音。悪魔が頭から窓に突っ込んだのだ。部屋の窓ガラスが、中にワイヤーが入っている耐震用のものでなかったのが悪魔にとっては不幸だった。

真美は力を込めて、ひじで悪魔の腹を打った。悪魔の腕の力がゆるんだ隙に彼から逃げた。

悪魔の頭から血が一筋流れ出し、額をつたって頬を濡らした。

血に塗れた顔で悪魔は真美を睨みつけた。そしてこちらに飛び掛かろうとするそぶりを見せた。

思わず真美は悪魔から後ずさる。だが彼はこちらに向かっては来なかった。

悪魔はガラスが割れた窓を開けた。ここから外に逃げ出す気なのだ。すかさず後ろから二人の警官が羽交い絞めにしようとする。悪魔は力の限り暴れ回った。警官達を足で蹴り上げ、殴り飛ばし、悪魔はやすやすと外に出た。

屋根を走る音、飛び降りて地面に着地する音、駆け出す足音——。

「逃げちゃう！　お願い！　早く撃って！」

真美は力の限り叫んだ。だが警官は抜いた銃をしまって、悪魔を追って窓から出た。

室内に残ったもう一人の警官は、真美に、ここにいるんだ、と言った。そして再び無線機でどこかに連絡し始めた。

警官の視線がこちらからそれた隙に、真美は駆け出した。警官の横をすり抜ける。

「待つんだ！　ここにいろ！」

彼の静止など無視し、真美は走った。呆けたように廊下に座り込んでいる母親の横を通り過ぎ、階段を駆け下り外に出た。

向こうに走り去るパトカーの後ろ姿が見えた。逃げ出した悪魔を追いかけているのだ。でも悪魔が、細い路地に逃げ込んだらどうするのだろう。

真美は周囲を見回した。

まったく土地鑑のない場所だ。

どっちに行けばいい？

悪魔はどっちに向かっている？

（あっちだよ）

（早く！）

また、心の中で声がした。

迷っている暇はなかった。真美はその声に従い、ひた走った。駅とは反対方向に、住宅街の路地を縦横無尽に駆け抜ける。

自分が自分でないような気がした。身体が勝手に悪魔の方へ向かって走り出す。

そうだ。この身体は、自分だけの身体ではなかった。

死者達の願いを聞き入れ、それを実行するための身体だった。

彼女達が叫んでいる。悪魔を逃がすなと、叫んでいる。

数分走ると、大通りに出た。

沢山の車が行き交っている。多分、国道だ。


(ここで、止まって！)


横断歩道の手前だった。

真美が周囲を見回していると、向こうのレンタルビデオ店の角から、悪魔がこちらに向かって走ってきた。無我夢中に駆けながら、何度も後ろを振り返る。斜め前方にいる真美に気づく様子はない。

悪魔は走るスピードを落とした。そして横断歩道の前で止まった。悪魔はその背中を、無防備にこちらにさらしている。

警官の姿は見えなかった。振り切ったのだろうか？　悪魔は手で、顔を濡らしている汗と血を拭っていた。その仕草が、どことなく余裕があるようにも見える。逃げ切ったとでも思っているのだろうか。


(逃がさないで)


——逃がさない。

悪魔は、横断歩道を向こう側に渡ろうとする。だが信号は赤だった。ひっきりなしに車が通っている。向こう側までには十メートル以上もの距離がある。横断歩道に踏み出した悪魔を、車のクラクションが襲う。

真美は悪魔に近づいた。気づかれないようにしているつもりはなかったのに、彼がこちらに気づく様子はなかった。

横断歩道を渡りきることはできないと判断したのか、悪魔は振り返った。

そして、真美がそこにいた。
悪魔の表情は驚愕に凍りついた。
すかさず真美は、
両手に力を込め、悪魔の胸をついた。
自分一人だけの力ではなかった。
みんな、自分に加勢してくれた。
悪魔は身体のバランスを崩し、向こう側に倒れ込んだ。
そしてそこに、大型トラックが来た。
敵を、とったよ——。
絶叫は、タイヤがスリップする音にかき消された。
悪魔は、その上半身をトラックに轢かれて、そのまま引きずられていった。
真美は立ち尽くしその光景を見つめていた。
喜びも、哀れみもなかった。
なにも感じなかった。
トラックは、十数メートルほど走って、やっと停車した。
運転手が降りてきて右往左往している。

真美はゆっくりとそちらに近づいていった。

悪魔は、アスファルトの上に仰向けに横たわっていた。腹の辺りがカエルのように潰れていた。血の匂いがした。

悪魔の身体が、ぴくぴくと痙攣していた。まだ、生きているのだ。

悪魔がゆっくりと――。

こちらを見た。

ゆっくりと手をあげ、真美の方を指差そうとする。

真美は悪魔に近づき、身をかがめて、彼を見つめた。

悪魔が、小さな声で何かを言っている。

「お前は――」

耳を澄ました。だが肝心の部分が聞き取れない。もう言葉をしゃべることなど無理なのだろう。

「お前は――だ」

悪魔が、同じことをまた言った。だがやはり聞き取れなかった。

手が下に落ち、眼があらぬ方向を向いた。口から血の泡を噴いた。

死んだ。

その時、あの警官が駆けつけて来た。あの部屋から悪魔が逃げた時、真美に、ここにいるんだ、と言った警官だ。自分を追いかけて来たのだろうか。彼は死んでいる悪魔を見て驚愕し、その傍らにたたずんでいる真美を見て動転した。

「君は――」

こいつが急に飛び出してきたんだ！　とトラックから降りた運転手が必死の形相で警官に訴えている。そうなのか？　と警官が真美にたずねた。真美は小さく頷いた。そう、彼は自分や警官達が追い回して、逃げ回って、それで勝手に死んだのだ。私のせいじゃない。そう偽証したって、良心の呵責《かしやく》などこれっぽちもなかった。

遠くからパトカーのサイレンが聞こえてくる。いずれここは野次馬で溢れるのだろう。せめてその前に。

そっと真美は悪魔に手を伸ばした。こんな男にも、死への恐怖が宿っているのだろうか。自分はそれを感じ取ることができるのだろうか。

悪魔と眼が合った。だがその瞳には、もう真美の姿は映らない。

真美はそっと、悪魔の額に触れた、そして眼を閉じた。

俺は悪くない。

声をかけて簡単についてくるあいつらが悪い。
薄々感づいていたのに、見て見ぬふりをしていたおふくろが悪い。
四人も殺してから、やっと俺のことに気づいた無能な警察が悪い。
俺は走っている。
逃げている。
俺はただ、自分だけの楽園の中で遊んでいたかっただけなのに。
どこへ逃げればいいのか、見当もつかない。
でも走らずにはいられない。
あの女のせいだ。
あの女がいなければ、十人でも二十人でも殺せたはずなのに。
俺が殺した女どもの叫び声を、あいつは真似て叫んだ。
叫び声を聞かれる心配はなかった。
なのに、あいつは、あいつらが叫んだ言葉を知っていた。
あいつは、いったいどこからやって来たのだろう。
逃げるために、力の限り走った。
警察から、そしてあの女から。

だいぶ走った、家からはもう遠い。
このまま逃げてやる。日本は広い。どこにだって逃げられる。
赤信号を無視し、横断歩道を渡ろうとした。
でも、交通量の多いこの道で、それは無理だった。
このまま道路沿いの歩道を何食わぬ顔をして歩き、やって来たタクシーに飛び乗ろう。
俺はUターンして、歩道を引き返そうとした――。
その瞬間、俺の身体は凍りついた。
あの女がそこにいた。
無表情な顔で、目の前に立っていた。
俺は動けなかった。
この女の正体を知った。
きっと、殺した女どもが、あの世から蘇って来たのだ。
復讐のために。
女は、俺の身体を思いっきり突き飛ばした。
その瞬間も、俺は女の顔から視線を逸らすことができなかった。
女は――。

笑っていた。
全身が切り裂かれるような痛み。
視界が途切れる。
轟音《ごうおん》で、なにも聞こえなくなる。
俺は夜空を見つめていた。
向こうから、あの女がやって来た。
俺は女に訴えようとする。
でも身体が思うように動かなかった。
かすれた声を出すのが精一杯だった。
俺は、死んでいた。
「こいつが急に飛び出してきたんだ！」
俺を轢いたくそったれトラックの運転手が、無能のあほ警官に言い訳している。
「そうなのか？」
警官の問いに、女は、俺の顔を見つめたまま頷きやがった。
違う！　俺はこの女に突き飛ばされたんだ！　と叫ぼうとした。
でも、俺はもう言葉を発することはできなかった。

なんのつもりか、女はおもむろに俺の額を触った。
この女のせいだ。
この女が諸悪の根源だ。
俺の築きあげた楽園を、すべてぶちこわしやがった。
心の中で、さっき女に言おうとして言えなかったことを、もう一度だけ呟いた。
お前は――。
悪魔だ。

真美は目を開いた。
周囲は野次馬達で溢れている。警官達の数も、続々と増えていく。
私は――。

21

「どういうことかなー。わたしの頭が悪いのかなぁー」
中年の刑事は困り果てたように頭を掻いてそう言った。

病院の一室だった。

掌の傷以外はこれといって外傷はなかったが、大事をとって一泊したのだ。警察の強い要望による半強制的なものだった。真美に証言を求めるためだろう。

勿論、あの男を突き飛ばしたことについては、黙っていた。

必死で逃げ回ったあげく、赤信号にもかかわらず道路に飛び出し、そして車に轢かれた。そういったことで事態は落ち着きそうだった。なにしろあの時の目撃者は、自分一人しかいないのだ。

だが――。

「良く逃げる犯人に追いつきましたね。しかも相手は男で、あんたは女だ。まるであいつの逃走経路を事前に把握していて、先回りしたとしか思えない」

「知っていました。あの人が逃げる道筋を。教えてもらったから――」

「犯人に教えてもらったんですか？　ということは、あんたが犯人を逃がす手筈だったんですか？」

「――違います。殺された女性達が、教えてくれたんです。犯人が逃げるルートを」

「生前の被害者に会ったんですか？」

「いいえ」

刑事は大げさにため息をつく。

現場から逃げ出す気力もないまま、真美は警察に保護された。実際の所、被害などなにも受けてはいないにもかかわらず、真美は嘘をついて通報し、警察に保護を求めたのだ。そのことについては、言い逃れはできなかった。

観念し、真美は病室で今まで自分の身に起こったことを、逐一《ちくいち》、この二人の刑事に説明した。だが予想はしていたが、ここまでコミュニケーションが成立しないとは思ってもみなかった。こちらの言うことを信じてくれる気持ち——百パーセントとは言わない。ただ、その片鱗《へんりん》ぐらい見せてくれてもいいと思ったのに。

まるで刑事達と自分とでは、使っている言語が異なっているかのようだった。こちらが喋っている言葉を、向こうは決して正確に認識してはくれない。

そう——自分は異邦人なのだ。そのことをまざまざと思いしらされる。

中年の刑事は真美を見つめて、言った。この病室で何回も繰り返されてきた言葉だった。

「あのねえ、あんた。死体に触っただけで犯人が分かるんだったら、わたしら警察はなあんにも苦労しなくていいんだよ。どうしてあんたにはそんな芸当ができて、わたしらにはできないの?」

「それは、」

「ん？」

「血筋、ですから」

刑事はあざ笑うかのように鼻で笑って、血筋か、なるほどね、と言った。

「――ちょっといいですか？」

今までずっと黙っていた若い刑事が口を開いた。

「あなたは、自分がサイコメトラーだっていうんですか？」

思わず、そちらを見やる。そんな言葉を日常的に使うのは高畑だけだと思っていたが、どうやら自分が思っていた以上にメジャーなもののようだ。

「サイコ――なんだって？」

「要するに、物に触れただけで、その物の来歴を事細かに知ることができる異能者のことですよ」

「――好きに呼んでください」

「つまりあなたにはそういう先祖代々受け継いできた血筋があって、妹さんは階段から落ちて生死をさ迷ったことで、その能力が発現したと――。そしてあなたも――」

刑事はそこで言葉を止めた。

「――はい」

真美は小さく頷く。

「お手上げだ。報告書になんて書けばいい？」

中年の刑事は大げさに肩をすくめるジェスチャーをした。自分のことを異常者扱いしていることは明白だった。いや、ただの異常者ならばなにも困りはしない。妄想患者として片付ければそれでいい。

だが、ただの妄想で連続殺人事件の犯人を見つけることなどできはしない。だから彼らは困り果てているのだろう。

「本当のことを話していると、誓えますか？」

真美はその言葉に頷いた。

「でも、僕らはあなたの言ってることを信じるわけにはいかないんですよ」

そう、彼らが信じることは決してないだろう。

「あなたはあの男が犯人だということを知っていた。それは紛れもない事実だ。その理由が超能力ではこちらとしても困ってしまう。もしあなたがその説明を押し通すんだったら、あの男の犯行に、あなた自身が何らかの形で係わっていると考えざるを得ない」

つまり、真美が真犯人だと、彼らは思いたいのだ。そうすればすべて説明がつく。

真美は、若い刑事の目を見て、言った。

「だったら、私の能力をあなた達の捜査に役立ててください。死体に触れれば、殺された時の状況が分かります。きっと有力な情報になるはずです。十件でも、二十件でも、私はあなたがたの捜査に協力します。それで事件が解決したら、私の言うことを信じてくれますか？」

「そんなもんを信じて犯人を検挙したら、わたしら警察はいい笑いものだ！」

中年の刑事は真美の言うことなど、端から信じてはいない。頭ごなしに否定する。真美は彼を無視して、若い刑事だけに向かって話をした。その目を見つめ、懇願した。

彼なら信じてくれそうな気がした。

「確かに、誰かが十数年もの間森の中に埋まっていた死体を掘り出し、通報した事件はありました。でも石井健吾という男性が殺されたという事件はありません」

「それは、きっとまだ黒木さんが通報していないんです」

「石井さんが交際している編集者ですか？」

「そうです。昨日の今日のことだから、きっとまだ部屋を確認していないんだと思います」

――もしかしたら。

雨雲のような不安が、真美の心の中に広がり始める。

昨日、確かに黒木はあの部屋を訪れたのかもしれない。杉山と二人で。

黒木は、言っていた。杉山と二人っきりで部屋に入らないようにしていると。それは身の危険を案じてのことなのだろう。だが今回ばかりはそんなことを言ってはいられないはずだ。部屋の中に恋人の死体があるかもしれないのだから。だから、うっかり用心を忘れて、真っ先に彼女の方から健吾の部屋に飛び込んでしまったとしたら？

黒木は死体を発見し、杉山が部屋に入って来て、そして——。

真美は言った。

「——私がなにを言っても信じてくれないんですね」

「当たり前だ！　超能力者が犯罪事件を解決したなんて前例はないんだからな」

とあざ笑うかのように中年の刑事が言った。

「前例だったら、あります」

「ん？」

「オランダにピーター・フルコスという人がいました。レーダーの脳を持った男と言われています。七ヶ国語とサイコメトリーの能力を操って、世界中の事件を解決しました。初対面の相手と握手しただけで彼がイギリスのスパイであるということ、そして数日後に銃殺されるということを言い当てました。殺人事件の被害者のコートを触っただけで、犯人が分かったこともありました。オランダでは連続放火犯の少年を逮捕して、アメリカに移住した後も、連続絞殺魔を捕まえました。前例だったら、ちゃんとあるんです」

真美は高畑から聞きかじった知識を披露した。高畑をここに連れてきたかった。彼だったらこの分からずやの刑事達を言い負かすことができると思った。

中年の刑事は呆けたように口を開けた。

「ピーター――なに？」

真美が口を開く前に、隣の若い刑事が言った。

「ピーター・フルコス、超能力者では、まあ有名な部類に入りますね」

若い刑事はフルコスの名を知っていた。やはり彼なら自分の言うことを信用してくれるかもしれない。少なくとも中年の刑事よりその可能性は高い。そう思った。

しかし、それは甘い考えだった。

その若い刑事は真美に言い諭すように、こう切り出した。

「あなた、今、フルコスが七ヶ国語とサイコメトリーの能力を操ったって言いましたね」

「――はい」

その真美の言葉に彼は小さく首を横に振った。

そして、意外なことを言った。

「フルコスはオランダ語しか話せませんでした。仮に外国語が話せたとしても、英語がやっとだったと言われています」

「フルコスが、イギリスのスパイの素性と、彼が近い将来銃殺されることをサイコメトリーしたという逸話も、信憑性は薄いです。なぜだと思います？——そんな記録はどこにも残っていないんですよ。その当時、射殺されたイギリスのスパイなんて——ナチスのゲシュタポに殺されたということになっているみたいですけど——どこにも存在しないんです。大方、フルコスの超能力の信憑性を高めるための作り話、伝説といったところでしょう」

中年の刑事は、それ見たことか、という顔をしている。

「でも、でも——」

「殺人事件の被害者のコートを触って事件を解決したというのは、オランダで鉱夫の青年が射殺された事件のことかな？でもね、フルコスがコートを触ってサイコメトリーを行った時には、すでにその事件の犯人は逮捕されていたんです。警察は犯行に使われた銃を捜すためにフルコスに協力を仰いだだけなんですよ。それで結果はどうだったか？フルコスによって刑事に告げられた、犯人の動機も、銃の隠し場所も、てんで間違いでした。つまりフルコスの能力は事件解決にはこれっぽちも役立たなかったってこと」

「え——？」

気力がしぼんだ。高畑が自分が超常現象の本を読んでいるのは面白いからに決まっているだろ、と言っていたのを思い出した。手品はトリックが分からないから楽しいのだ。

勿論、この刑事の言うことを信じて、高畑の言うことを否定するわけではない。だが、もし自分にこんな能力が目覚めることがなく、普通の状態でフルコスの超能力の話を彼に聞かされたとしても、そんなもの決して信じる気にはなれなかっただろう――そう考えると、反論する気力も起こらない。

「――放火犯と絞殺魔は？」

「放火犯の少年については論外ですね。警察は地道な捜査で証拠を見つけ、少年を逮捕しました。フルコスは犯人逮捕の翌日に初めて警察を訪れたんです。どう考えたって彼が犯人逮捕に一役買ったなんてことはありえない。ボストンの絞殺魔だってそうです。フルコスは手紙を触っただけで、その手紙の差出人が犯人だと決め付けたようですけど、結局その人物は事件とはなんの関係もなかったんですよ。やはりこの事件も警察はフルコスの能力などに頼らずに、自分達で真犯人を捕まえています。フルコスは死ぬまで、その手紙の差出人が犯人だと訴えていましたけどね。どこまで信用できるものか――」

「でも、どうして――。もしあなたの言う通りだったら、どうしてそんな人が超能力者として崇め祭られるんです――？」

「さあ、どうしてでしょうね」

いけしゃあしゃあと若い刑事は答えた。

「それが一番の謎ですよ。サイコメトラーだけに限らない。水晶の髑髏《どくろ》だとかバミューダトライアングルとかメアリー・セレスト号とか、バルバドス島の動く棺桶とか——世界には謎と言われているものは沢山ありますけど、仔細に調べればそんなものは謎でもなんでもなかったりするんですよ。結局、世界最大の謎は、謎でもなんでもないものを無理やり謎にしてあげてしまう人間の存在です」

真美はもう、高畑の言っていることが正しいのか、それともこの刑事の方が正しいのか、分からなかった。

結局、自分にできることはこれしかないのだ。

真美はおもむろに手を差し出した。

若い刑事は訝しげな顔をした。

「私と、握手してください」

「——握手ね、いいですよ」

差し出されたその刑事の右手を、真美はそっと握った。

目を閉じて、ため息をついた。

なにも、感じなかった。

「今まで人を殺したことはないみたいですね」

と真美は言った。おかげさまで、と刑事は呟いた。

「今度はあなた――」

中年の刑事の方を見た。だが彼は鼻で笑うだけだった。

「くだらん、こんな馬鹿馬鹿しいことに付き合ってられるかよ」

「――怖いんですか？」

「あ？」

挑発された中年の刑事は、こちらに近づいてきて、ごつごつとした大きな手をぶっきらぼうに差し出した。

真美はその手を握った。

「あ？　なんだ？」

中年の刑事は怪訝そうな顔をしている。

真美は彼の顔を見つめた。

「なにか、見えたのか？」

とへらへら笑いながら、そうたずねてきた。

真美はそっと手を離した。

「なにも」

と小さく答えた。

中年の刑事は、鼻で笑って肩をすくめた。真美は心の中で唇を噛み締め、言った。

「だけど――」

「あ？」

「私がなにも見えなかったのは、あなた達が人を殺していないからです。私、あなた達は刑事だから、凶悪犯人の一人や二人、殺していてもおかしくないって思ってたのに――」

呆れ果てたような顔をして、二人の刑事は顔を見合わせた。

真美は思った。このままでは、彼らは私の言うことを信用してくれない。私の力を実証するにはどうしたらいい？　ここから出て、病院中を死のイメージを探して歩き回る？

――いや。もっと確実な方法がある。

勇気を出して、真美は言った。

「私は逮捕されたわけじゃないんですよね？　ただ事情を聞かれているだけですよね？　ということはこれは強制的なものじゃないんですよね？　いつでも退院していいんですよね？」

刑事達は再び顔を見合わせた。

「今から私は、石井さんの部屋に行きます。刑事さん達も一緒について来てください。そこで彼の死体を見つければ、刑事さん達も私の言うことを信用してくれますね？」

健吾の死体どころか、黒木の死体まで見つけるはめになるかもしれない。

「ひょっとして、その石井健吾もあんたが殺したんじゃないの？　別れ話のもつれでさぁ」

と下卑《げび》た笑いを浮かべ、中年の刑事が言った。

真美は黙った。刑事達から目を逸らした。だんだんと涙で視界が滲んでくる。真美は静かに泣いた。そして語り出した。

「みんなが——私に頼むんです。助けてくださいって、恨みを晴らしてくださいって——。私、今まで本当に地味に生きてきました。学校でもそうだったし、仕事先でもそうでした。本当に、影の薄い女だったんです。石井さんと暮らしていた時期を除けば、誰かが自分を頼りにしてくれているなんて、考えたこともありませんでした。でも、今は違います——。私がこれから、どれだけ多くの事件を白日の下にさらしても、あなた達は決して信じてくれないでしょう。でも、それでも構いません。私に感謝してくれる人は沢山います。その人達は私をこれからも、ずっと守ってくれるんです」

今まで自分はそれこそ亡霊のように生きてきた。生きがいや、人生の意味が、自分にあるとは到底思えなかった。ただ日々を浪費するだけの生活。それが今までの自分だったのだ。

でも、今は違う。やるべきことを見つけた。毎日の目覚めも、もう哀しくなんかない。亡霊だった自分の人生は、ここ数日間の様々な出来事をきっかけにして、夜明けを迎えたのだ。

たとえ健吾ともう会えなくとも、私はこれからも生きて行ける。

中年の刑事は、もう付き合いきれないといった様子で大げさにため息をついた。

22

退院の手続きをした後、若い刑事と共に病院を後にした。

一歩外に出ると、緊張が緩和した。すがすがしい気分にさえなる。

病院の中にいると、〝力〟が遠くから微かに聴こえる死のイメージを始終拾ってしまうのだ――。今すぐにそこに駆け寄って、彼や彼女がどういう状態で死んだのか刑事に告げたい気持ちになる。

だが、それで自分の能力を認めてくれるのかどうかは疑わしかった。真美がどれだけ説明しても、これっぽちも信じてくれなかった刑事達なのだ。

もっと確実な方法がある。まだ発見されていない死体を見つけ出せばいいのだ。もしそれを成し遂げることができれば、彼らも自分の話を信じざるを得なくなるだろう。

でも――。

証明する必要など、あるの――？

そう心の声が呼びかける。

この〃力〃を胸に秘め、これからひっそりと暮らしていけばいいではないか。そんな能力が世間に知れたら、無責任なマスメディアの好餌《こうじ》になるのは目に見えている。

ただ意地や保身よりも、真美の頭の中には健吾の存在があった。

あの部屋に存在するであろう健吾の死体。どうしても、彼を見つけてやらなければならない。そして彼を殺した犯人を逮捕しなければならないのだ。

駐車場のアスファルトが直射日光を反射して、暑い。夏はまだ続いている。

「あの刑事さんは、どうしたんですか？」

「こんな馬鹿馬鹿しい茶番劇には付き合えないってさ」

あの刑事なら、そう言うことだろう。

「一人で――いいんですか？」

「なにがです？」

「私が逃げ出したら、どうするんです？」

「変なことを言うね」

若い刑事はおかしそうに笑った。

「君は犯人じゃない。そんなことは分かっている。あの男が女性達を殺したっていう証拠は、次から次へと出てきてるからね。さっきは病室で失礼なことを言ってしまったかもしれないけど。結局のところ僕ら警察は犯人が見つかればそれでいいんだ。その犯人に至る道筋なんて——」

刑事はそこで真美をちらりと見やって、

「どうにでもなるからね」

と言った。

「重要なのは、物的証拠だ。勿論、あと何回か、君に事件の証言をお願いしなければならないけど——なにせ、逮捕のきっかけは君だから」

事件の証言。そんなもので済むのだったらいくらでもする。

どうせ彼らは信用しないのだ。信用しないどころか、意味すらないに違いない。犯人逮捕のきっかけなどどうでもいいと、たった今彼も言ったではないか。

あざ笑い、変人扱いし、そして真美の証言を信じなければ、事件の成り行きが説明できないことに首をかしげるに違いない。

歳が近いせいか、この刑事とは話がしやすかった。少なくとも、あの中年の刑事などよりは、ずっと。

刑事と共に車に乗り込んだ。パトカーで行くのだろうと思ったが、普通の乗用車だった。出発する前に、もう一度だけたずねてみた。

「刑事さん」

「はい？」

「私の話を、信じてくれるんですか？」

信じるよ、という答えをほんの少しだけ——期待した。

だが刑事は少し微笑み、無情にも首を横に振った。

「そんなに現実は面白いもんじゃないよ。どうして僕がフルコスのことに詳しいか分かるか？」

「——いいえ」

「フルコスだけじゃない、超能力探偵と呼ばれている連中は大体知っている。そういう類の本を沢山読みまくったからな。どうしてだと思う？　そういう連中が生まれるメカニズムが知りたいと思ったからさ」

「超能力者が生まれるメカニズム——？」

「そう、超能力者は、決して当人だけの力で生まれるもんじゃない。当人だけだったら、超能力者でもなんでもないただの人間に過ぎないからね。大衆が、ほんの少し常人と違う感性とカリスマ性を持つ人間を超能力者に仕立て上げる。新興宗教の教祖様と同じだ。みんな、そういった連中を望んでる。超能力探偵なんて尚更だ。異端の超能力者が国家権力である警察を向こうに回して颯爽《さっそう》と活躍する――。実に反権力が好みそうな筋書きだろう？　権力と聞けば悪だと思い込む人間は決して少なくはないからね。日本で、権力の象徴として攻撃してあざ笑うのに一番手っ取り早いのが警察なんだよ。自衛隊よりは全国どこにでもある身近な存在だし、学校に比べれば銃も扱うし実力行使をするイメージがある。僕はこの仕事に誇りを持っている。国民に尽くしているつもりだ。警察官はみな、毎日真面目に働いている。それなのにそういう現実を見ずに、メディアに踊らされて簡単に超能力探偵を信じ込み崇め祭る連中――そんな連中を僕は許せない」

高畑は、こういう刑事がもっとも嫌いとするタイプの男だろう。だけど、

「超能力を心から信じる人間なんて、少ないと思いますよ――」

きっと自分の能力だって、誰も信じてはくれないに違いない。あの高畑だって信じなかったのだ。あくまでも遊びの超能力だから面白がって取り上げるのだ。本物の超能力など、みな面倒を恐れて近づこうとはしないだろう。

「本気で信じる信じないなんてどうでもいいんだよ。問題は気の持ちようだ。警察を信頼し尊敬していれば、超能力探偵なんて生まれるはずがない。にもかかわらず、やらせの超能力

番組はいつでも高視聴率だ。それでも超能力で現実に事件が解決できればまだいいよ。でも超能力探偵が事件の解決に成功したパーセンテージなんて、そんなもの、まぐれ当たりの範疇を決して超えていない。つまり成功よりも失敗の方がはるかに多いってことさ。超能力者が五回のうち四回失敗しても、一回当たっただけで皆褒め称《たた》えるのに、たった一人の警察幹部が汚職をやったぐらいで、警察すべてが汚れてると言わんばかりの報道をする。馬鹿げてる。みんな現実を見ずに、遊んでいるだけなんだ。欧米と比べて犯罪率が低いこの日本の状態が当たり前だと、どいつもこいつも思っている。治安を維持するためにどういうコストを払わなければならないか、真剣に考える奴なんて少ない。だから超能力で事件を解決なんていう能天気な考えが生まれるんだ」

「――大丈夫ですよ。日本の犯罪率は高くなっている。だからあんな酷い事件も起こるんです。そうなればみんなきっと気づきます。本当に頼りになるのは、私のような人間ではなく、現場で働いている刑事さんだと」

　勿論、本心ではなく、ほとんど皮肉で言った台詞だった。

　横目でちらりと刑事は真美を見やる。

「熱弁を振るい過ぎたかな？」

「――いいえ」

でも、真美には確信があった。

数十分後、きっと彼は自分の能力について信じざるを得なくなると。

「ところで、お願いしてもいいですか？」

一つだけ、思い出したことがあった。

「なんですか？」

「石井さんのアパートに向かう通り道にある病院に、友達が入院しているんです。ちょっと寄ってもらってもいいですか？　すぐ済みますから」

「また病院ですか――その石井さんの事件となにか関係が？」

真美は頷いた。正直、関係などなにもなかったが。もし、あるとしたら――この能力に係わることだ。

真美はシートベルトを締めた。車が動き出した。


由紀が入院している病院。

病棟という場所はどこも同じ匂いがするな、と真美は思う。きっと諸々の薬品の匂いなのだろう。

この前と同じ大部屋の、同じベッドに、由紀はいた。三日前は空いていた加藤氏のベッドに新しい患者がいることを除けば、変わった様子はなにもない。

由紀はぼうっとテレビを観ていた。真美に気づくと少し微笑んで、それから怪訝そうな目つきで刑事を見た。

「この人、誰ですか？　真美さんの新しい彼氏？」

刑事は、すぐにおいとましますから、気になさらないでください、と由紀に言う。

「すぐなんて言わないで、しばらくいてくださいよ。退屈しているんだから」

「ううん、すぐ行くわ。ちょっと用事で近くまで来たから、寄っただけ」

「そうですか――」

由紀がさびしそうな顔になる。すねたように真美から顔を逸らし、テレビを観る。

真美もつられてそちらを向いた。

「あ――」

思わず呟いた。

あの男の写真が、ブラウン管に映し出されている。昨日訪れた家の前には、大勢の報道陣がいる。あの男の母親のことを思い出した。彼の家族は、もう今まで通りの生活を続けることはできなくなるだろう。そう考えると、同情する。

「――昨日の夜からこのニュースで持ちきりですよ」

と刑事は言う。

「あなたの所にも、もしかしたらワイドショーの連中が来るかもしれない。もしそうなったら適当にあしらっておくことですね。間違っても、さっき僕らに話したことを言わない方が賢明です。格好の餌《えさ》にされるだけですから。有名人になりたいんだったら別ですけど」

「——分かってます」

ぎょっとしたような顔で、由紀がこちらを向く。

「なに？　真美さん、この男と知り合いなの？」

「ううん——。知り合いっていうか、ちょっと面識があるだけ」

「そうなんだ——。でも真美さん、殺されなくて良かったね。酷いよ、この男。女の敵。っていうかまるで悪魔。同居している母親は、息子の犯行に薄々気づいていたのかも、だってさ。罰が当たったんだよ。こんな男死んで当然」

真美もしばらく無言でニュースを見つめていた。

犯人の男は、殺害のプロセスを、写真やビデオに撮影していた。そればかりか、遺体の一部を保存していた形跡さえある。腐敗が進んだ遺体は、海や山に遺棄した。遺体は四体ともすぐに発見されているが、もともと加害者と被害者の接点はなにもなかったので、今まで事件が発覚することがなかった——そんな諸々の情報がブラウン管から流れ出てくる。

だが真美にとっては、あんな男のことなどどうでも良かった。ただ頭にあるのは殺された女性達のことだった。

人が死んだらどうなるのだろう。死は、その瞬間の感情を、その場に強く焼き付けると高畑は言う。その記録を自分の能力は受け取ることができるのだろうか。自分がもし死んだら、誰が私の焼き付けられた想いを受け取ってくれるのだろう。

由紀はテレビを消した。こんな陰惨なニュースを観ていても、気分が滅入るだけだと思ったのだろう。

真美は言った。

「今日はこの本を由紀さんに貸してあげようと思って。読みたいなって言っていたでしょう？」

バッグから『世界不思議百科』を取り出して、由紀に手渡した。

「いいんですか？　これ、真美さんが昔付き合っていた人の本でしょう？」

「いいの。入院生活退屈だって言ってたし、この間、その本のこと興味深そうに見てたから」

「わあ、ありがとう。でも全部読めるかな――。相当ページ数ありますよ、この本」

真美は背後にいる刑事を見やってから、由紀に言った。

「じゃあ、私、行くから」

　由紀は少し残念そうな顔をする。

「本当にすぐ行っちゃうんですね」

　真美は微笑んだ。そして、さよなら、と言って由紀に手を差し出した。

　前回見舞いに来た時、彼女の身体に触れていなかったことを思い出した。

　由紀からは感じ取れると〝力〟が訴えていた。しかし前回ここに来た時は、彼女のプライバシーを覗き見ることには抵抗があった。赤の他人ならともかく、彼女は友人だ。これからもずっと付き合っていくことになるだろう。もし由紀の〝秘密〟を知ってしまったら、今後どんな顔で付き合っていけばいいのか分からない。

　でも、今では。

　一瞬、由紀は怪訝そうな表情を浮かべる。二人の間に握手の習慣などなかったからだ。だが由紀はすぐに硬い表情を崩し、真美の手を握り返す。

　真美は由紀の手を握ったまま、言った。思わず口をついて出た言葉だった。

「お婆さんは、あなたのことを愛していたよ」

「――え？」

「決して、恨んでなんかはいないから」

由紀はしばらく、呆けたようにぽかんと口を開けて真美を見つめていた。やがて、だんだんとその瞳に涙がたまってゆく。感情を言葉にできないのか、うわごとのように呟く。

「どうして、どうして――」

お節介かもしれないという気持ちは、確かにあった。由紀に触れるだけで帰ろうとも思っていた。だが、死んだ由紀の祖母が、彼女に伝えてくれと訴えていた。その願いを無視することなどできなかった。

それが自分の、使命だから。

真美は由紀の背中を、そっと抱いた。小さな背中だった。入院生活を続けているせいか、やせ細っているようにも思える。

「大丈夫」

真美は由紀の耳元で、そっと呟く。

「あなたは悪くない」

真美は由紀から身体を離し、振り向いた。刑事が、怪訝そうな顔つきでこちらを見つめている。

「行きましょう」

刑事は無言で頷いた。

また来るね、と由紀に言い残し、真美は病室を後にした。背後で由紀が泣きじゃくっているのを、感じた。

白い廊下を歩いていると、由紀と同じように泣き出してしまいそうな気持ちに襲われた。

刑事が問いかける。半ばおどけたような口調だ。

「なにを見たっていうんです？」

真美は答えない。

「あなたの話が正しいとすると、あなたは触れただけでその人物の〝罪〟を見ることができるんでしょう？　あの女の子が、いったいどんな犯罪をしでかしたっていうんです？」

答えることなど、できなかった。

由紀を告発することだってできたはずだ。刑事だっている。でも自分は由紀を見逃した。あの悪魔のような殺人鬼は、その命で罪を償《つぐな》わせたのに、由紀は見逃した。彼女は友達だったから？　それとも死者の声が、怨嗟のそれではなかったから？

これが自分の能力だ――そう思い知らされる。あの男と闘っていた時は、なんの迷いもなかった。この社会に確実に害をなしているあの男を殺したことには、なんの後悔もなかったのだ。

でも由紀を、もちろん殺すことなど考えたくもないし、その罪を告発することだって、自分にはとてもできそうにない。

これが能力のリスクだった。

すべての罪を裁くことなんてできっこない。死者たちの声をより分け、差別して、告発するかどうかを自分で選択しなければならないのだ。だけれど、それが自分の運命ならば受け入れて生きていかねばならない。

「あなたが犯罪行為を幻視したっていうんだったら、それを僕に話してください。それに基づいて捜査すれば、きっとその犯罪は明らかになる。そしてそれはあなたの能力が正しいものであると証明することにもなりますからね」

廊下を歩きながら、刑事は問い掛ける。きっと、証明することなどできないと高を括っているから、そんなことを言うのだろう、と真美は思った。

「――なにも、見えませんでした」

真美は、嘘をついた。

「さっき、あなたとあなたの上司の方と握手しましたけど、その時もなにも見えませんでした。今日は、ちょっと調子が悪いんです」

刑事は鼻で笑って、言った。

「僕らは人殺しなんてしていないからね！」

言えなかった。

由紀が縁側に座る祖母の背中を突き飛ばしたなどとは。

殺意はなかった、衝動的なものだった。由紀は自分の罪を隠すつもりなどこれっぽっちもなかった。ただ、祖母の死は事故として処理されてしまった。ずっと黙って泣いていると、皆祖母の死を悼んでいるのだと同情してくれた。

そんな由紀の罪を、彼に告げることなどできなかった。

勿論、告白したところで、物的証拠など何一つ残っていないに違いない。真美がなにを言ったって、妄想として処理されてしまうだろう。勿論、由紀が自ら進んで証言するなら話は別だ。

泣いている由紀の姿が、脳裏に浮かんだ。

もしかしたら彼女は自首するかもしれない、と思った。

「まあ、いい。問題は石井健吾さんのことだ。彼の死体が、あなたの言った通りに発見されれば、あなたの能力を、僕は信じますよ」

彼のこの言葉は嘘だと直感した。あの部屋から健吾の死体が発見されたら、真っ先に自分が重要容疑者として警察に拘束されるに決まっている。

健吾殺しの真犯人が見つかったら見つかったで、どうして健吾の死体があの部屋にあることを知っていたのか、厳しく尋問されるに違いない。

結局――同じことの繰り返しだ。

自分のこの能力を信じてくれる者など、誰もいないのだ。

でも――それでも良かった。

心の中の麻紀が信じてくれるのなら、それだけでいい。

23

健吾のアパートが見えてきた。

少なくとも、目に映る限りでは見慣れた場所だった。でも心に感じるものは、違った。これから自分が目撃するであろう光景を想像し、真美は異様な緊張に襲われる。

鼓動が高鳴った。

額に脂汗が滲む。不安が喉元にまでせり上がってくる。

「気分でも悪いですか？」

真美の顔色を見た刑事が言った。

「いえ――死体はまだ、あの部屋にあります。私には分かるんです」

真美は目を閉じ、息をついた。

「首を絞められて殺された、男性の死体があるんです」

刑事は表情一つ変えない。その真美の言葉にどれだけ信憑性があると彼が思っているのか、まるで分からなかった。

ハンドルを切りながら、彼は言った。

「大家さんの連絡先ご存知ですか？」

「え——ちょっと今すぐには分かりません」

「あなたの話の通りなら、石井健吾さんの部屋には、鍵がかかっていて入れないということになる」

「あ、そうか——ごめんなさい。うっかりしていて」

「いえ、そんなものはすぐに調べられますから。一応、聞いてみただけです」

恐らく、鍵がかかったままだろう。黒木妙子が杉山の持っている鍵を使ってこの部屋を開け、健吾の死体を発見したならば、すぐに警察に通報するはずだ。

アパートの前に車を停めた。車から降りると、夏の熱気と死の雰囲気が、体中にまとわりついて離れない。

「ここ、ですか」

そう刑事が感慨深げに呟く。

真美は一歩一歩近づいた。クリーム色の壁を見上げながら。

「今も、感じるんですか？　例の、あれを」

真美は無言で頷いた。返事をする余裕などとてもなかった。

健吾の部屋のドアは目の前にあった。凝視し過ぎで、ドアの中に吸い込まれそうな気分に襲われる。

そっと手を伸ばし、ドアの表面に指を走らす。そして、ドアノブを握る。


苦しい。

息ができない。

死にたくない。

助けて。


扼殺《やくさつ》されて息絶える男の最期の情景を、はっきりとではないが、断片的に感じることができる。由紀の病室で感じたものとは、比べ物にならないほど強烈なイメージだ。

由紀の場合はあくまでも他人だからその死の気配だけしか感じなかっただろう。でも自分と健吾は深く愛し合っていたから、いつもよりも格段に強い力で相手のことが分かるのだ。

真美はゆっくりと目を閉じた。

「鍵がかかっているんですか？」

彼に今自分が感じているものを見せてやりたいと思った。

「──はい」

真美は頷く。そしてそのことを確認するために、ほんの少し手に力を込めて、ドアノブを回そうとする。

──と。

「え？」

思わず呟いた。

──そんな。

「どうしたんです？」

息を呑んだ。

──鍵がかかっていない。


ドアノブは、なんの抵抗もなく、回った。

刑事が訝しげな視線をこちらに投げかけている。これはいったい、どういうことです？とその表情が語っている。

瞬時に頭の中に思考が駆け巡った。黒木妙子は杉山が持っていた鍵で、このドアの施錠を解いたらしい。ということは死体を発見したのだ。――なのに、どうして通報しない？

先程、病院で巡らせた嫌な想像が再び脳裏によぎる。

黒木はここで杉山に殺された。杉山は部屋を施錠することなく、逃走した。

でも、そんな――。

真美《まみ》は恐る恐る――ドアを開けた。

ドアの隙間から流れ出す、部屋の空気。懐かしい匂いだった。しかし今やそれは、死の香りで塗れている。

一歩踏み出せば、中には健吾の死体が。

その時。

心臓が止まるかのような驚愕に襲われた。

突然、部屋の中から物音がしたのだ。

――誰かがこの部屋の中にいる。

黒木？

それとも、杉山？

ドアが開いた物音に気づいたのか、向こうから足音が近づいてくる。その一瞬一瞬が、永遠のようだった。

現れた彼と目が合った。

息を呑んだ。

「――真美」

健吾が、そこにいた。

信じられなかった。何もかもが。

今、現実に見ている光景と、健吾と過ごした過去と、そして〝力〟が見せたあの諸々の光景が、ない交ぜとなって波のように押し寄せてきた。自分が今見ているものは、本当に現実なのだろうか。もしかしたら、これも〝力〟が見せた死の光景ではないだろうか――今の自分にはそんなことも分からなくなっていた。

健吾が目の前に立っている。手を伸ばせば届く所に、彼はいる。

変わっていなかった――健吾は。

今彼が身に着けているジーンズもTシャツも見覚えがある。短く刈り上げた頭髪も、なにもかも変わらない。会っていなかったのはたった一年なのに——とても懐かしかった。

「この方が、石井健吾さんですか？」

その刑事の問いかけに答える心の余裕すら、今の真美にはなかった。ただ混乱の中にあっても、刑事の声が聞こえているからどうやらこれは現実らしい、と思考の片隅で考えていた。

——どういうこと？

心の中で疑問符が点滅する。

健吾は生きていた。

——だとしたら。

いったい誰がこの部屋で死んでいるというのだろう？

「石井健吾は、僕ですけど」

答えられない真美の代わりに、健吾が答えた。

「良かった——。あなたの考えが間違っていて。もしあなたの言う通りだったら、あの話を信じてしまうところでした。正直言って、万が一あなたの話が本当だったらどうしようって、不安に思う気持ちも一パーセントぐらいはあったんですよ。もしそうなった場合、今まで信じていた価値観全部が覆《くつがえ》されることになりますからね——。でも現実はこんなものです」

その刑事の言葉が、右から左へと通り抜けてゆく。

ただ真美は健吾を見つめ呆然と立ち尽くすことしかできなかった。

状況が理解できない健吾は、真美と刑事の顔を交互に見やっている。

刑事は身分を名乗り、健吾に名刺を渡した。途端に健吾の表情が強張《こわば》った。刑事の訪問を受ける機会など、人生においてはめったにあるものではない。

——でも、どうして？

「刑事さんがいったいなんの用です？」

「その——こちらの櫻井真美さんが、あなたの部屋に、あるものが存在すると仰《おっしゃ》ったもので、こうして訪問させてもらったんです」

「いったい、なにがあると？」

刑事は真美をしばらく見つめた後、健吾に向き直り、言った。

「その——死体があると」


数秒間の沈黙があった。

健吾は刑事の顔を凝視した後、真美に視線を移した。

真美は健吾の顔を見つめた。

その彼の表情は——。

強張ったまま、凍り付いている。

それは何かに怯え、恐れ戦《おのの》いている表情だった。

なぜそんな顔をするのだろう――。

――と。

次の瞬間、
健吾が脱兎《だっと》のごとくこちらに走り出した。

彼の動きはまるでスローモーションのように思えた。

走ってくる健吾を避けようとした。だがあまりに突然だったため、そんな余裕はなかった。

健吾と――身体がぶつかった。

真美は目を見開いた。

自分はやっと気づいたのだ。

真実に。

真美は健吾に押された衝撃で、開け放たれたドアに腕を強くぶつけた。痣《あざ》ができるほど激しく、彼に突き飛ばされたのだ。信頼していた健吾に。

だがそんなものなど、今の真美には痛痒《つうよう》にも感じない。

力の限り叫んだ。

「捕まえて！　早く！」

その声と、反射的に刑事が駆け出すのはほぼ同時だった。道を走る二人の男の背中が、見る見るうちに小さくなっていく。

真美はゆっくりと歩いて二人の後を追った。大丈夫、健吾よりも刑事の方が走るのは速そうだから、きっと捕まえられるだろう。

胸に去来する想いを噛み締め、涙がこぼれないように我慢するのが精一杯で、走り出す余裕などなかった。

向こうの十字路から主婦らしき中年女性が乗った自転車が飛び出してきた。健吾は自転車と衝突した。自転車は横倒しになり、女性が下敷きになる。健吾がバランスを崩して地面に膝をつく。その隙に、すかさず刑事が健吾に飛び掛かる。

二人の男がもみ合っている。その様子を、倒れた自転車を起こしながら恐れ戦いた様子で女性が見つめている。騒ぎを聞きつけたのか、道で遊んでいた子供達が近づき、近隣の民家の窓が開く。皆、遠巻きに二人の男を見つめている。

地面に倒れた健吾の上に刑事が馬乗りになっている。真美が近づいて行くと観念したのか、健吾は暴れるのを止めた。

「どうして逃げた！」

刑事が恫喝する。しかし健吾は黙として語ることはない。

刑事に押さえつけられている健吾を真美は見下ろした。

健吾は真美から視線を逸らした。

後ろめたいことがあるのだ、と思った。

「私、ずっと思ってた。あなたが杉山に殺されたんだって――。でも、違った――」

真美はおもむろに言った。

「あなたが――殺したのね」

健吾は目を閉じ、唇を嚙み締めた。泣き出してもおかしくはないと思った。健吾も、そして自分も。

刑事が叫んだ。

「あんたが杉山を殺したのか？」

三人は健吾の部屋に引き返した。

逃げ出さないように刑事は健吾の腕をしっかりと摑まえている。

一年ぶりにこの部屋に戻った。懐かしい部屋だった。いや、懐かしい部屋のはずだった。今では——。

健吾がどこに死体を隠したのか、手に取るように分かる。

押入れの中だ。あの男も押入れの中にアルバムを隠していた。部屋の中の隠し場所としてはオーソドックスな場所なのだろう。

真美は迷うことなく居間に向かった。そして押入れの前に立ち、死の根源と対峙する。

真美は呟くように問い掛けた。

「今まで、どこに行ってたの?」

健吾はうなだれ、力なく答える。

「長崎に旅行に行ってたんだ——。その——今書いてる話の、取材だ。長崎は教会が沢山あるから、有名どころを一度ちゃんと観ておきたかったんだ——」

「——長崎に住んでる親戚が、いるの?」

「ああ、従兄《いとこ》夫婦が住んでる。半年ほど前に長崎に引っ越したんだ。遊びに来いって誘われてたから——ホテル代を浮かすために、従兄の家に泊まらせてもらった。昨日の夜帰って来たばっかりで——」

素直に、隣の部屋の遠藤の言うことを信用すれば良かった、と思った。

「杉山って人は？　あなたを襲ったって言っていたけど――」

「一発殴られただけだ。その時の記憶は曖昧なんだ――。気づいたら、あいつはいなくなっていた。あいつがなにを勘違いしたのか知らないけど――」

恐らく、健吾は、頭をぶつけて気絶しただけだったに違いない。動転した杉山が、健吾に息があることを確認し忘れたのだ。

「杉山は、この部屋の鍵を持って逃げたのよ」

「――やっぱり」

「知ってたの？」

「だって、あいつに殴られてから鍵がなくなったんだ。殴られる前はちゃんとあった。あいつが持って行ったとしか考えられなかった。あんな奴に鍵を奪われたら、なにをされるか分からない。旅行に行く予定も立ててたし、用心のために――鍵をつけかえたんだ」

黒木妙子と杉山は、恐らく昨日この部屋を訪れたのだろう。だが、杉山が持っていた鍵ではこの部屋に入ることができなかった。鍵が替わっていたからだ。

いったい、杉山と黒木妙子は、その時なにを思っただろう。彼は生きているのかもしれない――そんなほのかな可能性に思いを巡らせたのだろうか。

「ここにあるのね」

「知ってたのか——。馬鹿だな、真美には気づかれちゃあいないって思ってたけど——」

真美は首を横に振った。

「ずっと気づかなかった」

振り向いて、健吾の目を強く見据えた。

「今、気づいたのよ」

真美はためらう心を振り払って、押入れの扉を開いた。

悪夢が、この中にあった。

勇気を出して、しまい込まれている毛布や布団の類を無造作に外に引き出した。デジャ・ヴを感じた。昨日と同じ行為を、今再びしている。

膝をつき、四つんばいになった。空っぽになった押入れに、上半身を突っ込んだ。

そこは死のイメージで満ちていた。

意識が遠のく、思わず卒倒しそうになる。真美は気力を振り絞った。

奥にくすんだ色のダンボールが見えた。

——あれだ。

手を伸ばし、力を込めて、こちらに引き寄せた。

押入れの中からダンボールを出す。所々に油染みのような汚れがついた、古ぼけた箱だった。そして嫌な匂いがする――ような気がした。

　パンドラの箱に他ならなかった。自分の手で開く勇気はとてもない。

「――これです」

　振り返って、刑事に言った。

　刑事は健吾の顔を睨みつけた後、彼から手を離した。健吾は力なく床に座り込んだ。逃げ出す気力は、もう残っていないようだった。

　刑事はしゃがみ込み、無造作に箱を開けた。中には古い新聞紙がいっぱいに詰まっていた。彼は新聞紙をどんどん外に引っ張り出した。そのあまりの行動の素早さに、真美は待ってと叫ぼうとした。だが、遅かった。

　刑事は立ち上がった。逃げるんじゃないぞ、と健吾を恫喝し、無線機でどこかに連絡し始めた。

　堪えていた感情の線がぷつりと切れた。瞳から涙がとめどなく溢れてきた。

「ええ――。そうです、死体がありました。鑑識を呼んでください」

　それでも真美は箱の中から視線を逸らすことができなかった。

「――あなたが、殺したの？」

　呟くように問い掛けた。

健吾はうわごとのように叫び続ける。

「死んでいると思っていた、思っていたんだ！　呼吸もしていなかった。でも、生きてた。息を吹き返したんだ！　俺は思わずそいつの首に手をかけて、思いっきり締め上げた。そしたら、それで動かなくなった――」

真美は病院で二人の刑事に話したことを思い出した。みんなが、私に頼むんです、助けてくださいって、恨みを晴らしてくださいって――でも、なんていうことだろう。一番、助けなければならなかったのは、一番、恨みを晴らさなければならなかったのは、彼だったのだ。それにも気づかず私は、この部屋で健吾と生活を――。

「そのまま捨てちゃあ、捕まると思った。首にはくっきりと痕が残ってしまったから――。だから、そのまま戻ってきた。とりあえずアパートの裏の窓の下に隠しておいて、真美の目を盗んで押入れの中にしまった――。俺には、自信がなかったんだよ――。大人になる自信なんて――」

真美は思った。

私も、彼と、同罪だ。

馬鹿げた意地、若さゆえの反抗心。そんなものを持たなかったら、きっと彼を救えたはずなのに――。

「――ごめんね」

泣きながら、そう呟いた。

そっと、真美は彼の死体に触れた。それはとても小さく、干からびていた。

心の中で繰り返し響く、彼の声を、真美は何度も胸の内で聞いた。


苦しい。

息ができない。

死にたくない。

助けて。

母さん。

参考文献

『世界不思議百科』コリン・ウィルソン＋ダモン・ウィルソン著　関口篤訳　青土社
『世界超能力百科』（上）（下）コリン・ウィルソン著　関口篤訳　青土社
『サイキック』コリン・ウィルソン著　梶元靖子訳　三笠書房
『新・トンデモ超常現象　56の真相』皆神龍太郎・志水一夫・加門正一著　太田出版

この作品は二〇〇二年十二月小社より刊行されたものです。

ファントムの夜《よ》明《あ》け

浦《うら》賀《が》和宏《かずひろ》

平成17年3月31日　初版発行
平成26年1月30日　3版発行

発行人――石原正康
編集人――菊地朱雅子
発行所――株式会社幻冬舎
〒151-0051東京都渋谷区千駄ヶ谷4-9-7
電話　03(5411)6222(営業)
　　　03(5411)6211(編集)
振替00120-8-767643
印刷・製本―図書印刷株式会社
装丁者――高橋雅之

幻冬舎文庫

ISBN4-344-40615-X　C0193　う-5-3

幻冬舎ホームページアドレス　http://www.gentosha.co.jp/
この本に関するご意見・ご感想をメールでお寄せいただく場合は、
comment@gentosha.co.jpまで。